有只胖鸽子，从阳台走进中厅，勇敢地拉了一坨屎后，飘然离去！不要迷恋鸽，鸽只是个传说。

晚上，我在篝火旁边烤着正爽呢，忽然一个火星飞出来落在裤裆处，我当时眼疾手快，使出吃奶的力气一拳捣在铃铛上。
牛

『四裤全输』
系列⑬
鄙视我的人多了
你算老几
用嘻哈的蓝调精神来过二胡一样的生活
我可好玩了，不信你玩玩
嘿嘿 ● 选编
时代文艺出版社
票

CONTENTS

今天，学了个新的东北口头禅，“吓银（人）”，刚在车上说了句吓银，然后前座的玉姐非常鄙视地回头瞪我：“生孩子不好好说生孩子，说下人，流氓！”

鸳鸳相抱何时了，鸯在一旁看热闹。

就算生活只是个杯具，我也要做个官窑上品青花瓷杯具。

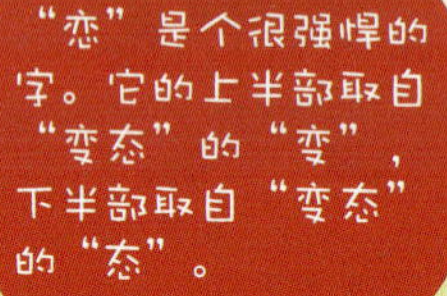
“态”是个很强悍的
字。它的上半部取自
“变态”的“变”，
下半部取自“变态”
的“态”。

正宗牛黄

01. 今天，我在开车时，测速电子眼闪了我一下。我绝对没有超速，于是我又回去以更慢的速度经过那个电子眼，它又闪了。我很疑惑，就又试了一次，它果然又闪了。觉得好玩，我就以龟速又通过了它。

……后来我因为没系安全带收到了 4 张罚单。

02. 今天，到 apple 售后去修 iphone，因为触摸屏不灵了。客服大美妞告诉我：清理掉上面的一层鼻涕就好了，还有，她建议我以后别老用手指插鼻孔了。

03. 前段时间不想吃饭就隔三差五的和俺老头买凉皮吃，结果每次买凉皮的时候都会遇到他大姨，可想而知他大姨对我的态度自然不会好到哪儿去，隔了几天下班一起回家的时候，就对俺老头控诉对他大姨总的看法，边说还边指画，偶然回头看见一个大姐冲我笑，我还在那边指画边说的，等到快要过马路的时候，俺老头回头看见那大姐居然说了句让我极其崩溃的话："唉，小姨你刚下班啊？"

04. 今天，在洗手间换 T 恤的时候，掉地上了，靠。我用脚很帅地把它挑起来，结果我华丽地摔了，头插在马桶里。还没冲的马桶里。

05. 今天早晨晚起，挤该死的公交，手上拿着未来得及吃的早饭：一袋绿豆奶和一块饼，挤上车后，我排除万难吃早饭，不料一个急刹，n 个人朝我压过来，我一惊慌，大声地脱口而出："不要挤了！奶挤爆了！"

06. 上大学那会，为了送男友一份生日礼物，我吃了一个月的大白菜，攒钱买了一部新款手机。没多久，男友去吃庆丰包子，出门时发现手机落桌子上了。等马上回到铺里的时候，手机没了，对面桌子上整齐地摆着一盘子只被咬了一口的包子。我说，没事，别难过。

为了让男友高兴，我又吃了一个月的大白菜，攒钱买了一只 ZIPPO。没多久，男友去网吧，玩得头晕脑涨，把 ZIPPO 留给了网友。我说，没事，别难过。

于是，我接着吃了一个月的大白菜，攒钱给男友买了一只天王手表。没多久，男友说给摔坏了，是被新女友摔的。我对自己说，没事，别难过，我减肥成功了！

07. 今天，跟姐姐、室友、女友一起看电影，看一半的时候女友忽然出去了，发了条消息要跟我分手。然后她如释重负的回来，又加入我们把电影看完了。

08. 高中一男生同学，欠了我 70RMB。
有天我心情好，老爸才发了生活费，我吃着可爱多，路上巧遇他。
我说：我再借给你 30，你直接还给我 100 怎么样？他愣了一下，说行。
三天后他转学了……

09. 今天是喂食的日子，我那条蛇不知道什么时候养成的毛病，必须吃活动的猎物。而今天我丢进去的那条泥鳅很不配合的装死。一般这种时候应该用一把长柄镊子去动动泥鳅，但是我的镊子被老爸借走了，所以我伸手去拨弄泥鳅试图让那条蠢蛇注意到它的午餐。它的确注意到了什么：1 秒钟之后这混蛋咬住了我的手指头。

10. 今天上猫扑看帖子。看到回复写到 15 楼，一时想不开，顺手写 17 楼是 SB~ 发表后，发现 16 楼被占了，我的回复发表在了 17 楼 ~~

11. 今天来实习的漂亮 MM 让我帮忙把一箱资料搬到柜子顶上，二话不说拉来个凳子就上了，箱子举到一半的时候没力了，为了不在 MM 面前丢脸，我菊花一紧，腰一挺，把箱子顶了上去。但是估计太用力了，一股浊气从我的菊花喷薄而出，声音还很大，而 MM 就站在我后面帮我扶凳子……

12. 昨天买了很甜的石榴，今天再去买小贩不见了，询问旁边摊位的人，他往前方卖烤红薯的地方一指，一夜之间石榴人转行卖烤红薯了！

13. 今天，开会时打喷嚏，鼻涕飞到前排 MM 的背上，她没发觉。于是想偷偷帮她抹掉，刚把手伸过去，坐在旁边的 MM 发现了，大叫：“你这人怎么把鼻涕往别人身上擦啊！！”

14. 今天下班回家，LP 对着我说她的建设银行网上银行登录密码错误，因为需要查一笔转帐汇款所以心里特别的着急。我说这个好办，直接网上修改密码就行了。后来我就帮 LP 开始登记网上银行修改初始密码了。因为网络不好速度慢花了三十分钟左右，这时候最后一步是让我验证发到手机上的验证码，只要输入验证码就可以初始化密码了，LP 告诉我验证码为 95533，我也没多想就说了一句，怎么那么巧啊，跟建设银行的服务电话一样啊？输入进去后验证错误，害得我重新再来。LP 解释原来她收到消息首先看到 95533，所以就告诉我了。

15. 今天我朋友去买午饭，吃刀削面，他吃三两，我吃二两，他去买的时候就说："老板，一个二两和一个三两刀削面。"然后老板说："半斤刀削面……"顿时面馆鸦雀无声！

16. 前段时间男篮世锦赛。我去食堂打饭的时候。食堂师傅看到我（我长的比较高），说："唉！看到你就想到男篮输掉了。"
我："……"
然后他给了我三碗饭。用恨铁不成钢的语气说："你给我多吃点，别再输了！"

17. 女儿抱着小熊问："妈妈，它怎么长那么多头发呀？"
我说："那不是头发，那叫毛发。"
没一会，女儿不小心头撞到了床围上，哭得喊："妈妈！我毛疼！"

18. 我妈妈问我有没什么好看的片推荐，我居然把《妻子的诱惑》说成了《人妻的诱惑》。

19. 到女友住的地方玩，突然闹肚子，

噼里啪啦后发现女友家的手纸用完了，于是乎求救，女友在外面翻了半天说都用完了，更囧的是她唯一能找到的就是挂历纸，她让我选是用上个月的还是大上个月的。餐具。

20. 同女友和她的朋友在学校吃食堂，大家边聊边吃，气氛很好，这时我发现我的盘子里有一只死苍蝇，要是捡出来我女友一定注意到，那她一定会没胃口再吃下去了，于是我若无其事的把那只苍蝇和着饭一起吃下去了。

21. 想和男友开个玩笑，假装从他床底下搜出来一条女士内裤（其实是我的），然后质问他，开始他拒不承认，没想到后来在我的紧逼下，竟然抱着我开始认错。

22. 昨晚看开心辞典，小丫夸一个小美女娃娃脸，我问老婆：我是不是也有点娃娃脸。老婆斩钉截铁，得了吧你那是鞋拔子脸。笑喷，当时我正在喝面条汤。

23. 看两拨人打架，其中一拨人不敌，逃跑时手中的半截啤酒瓶划破了我新买的羊皮，我转身追他没赶上，另一拨人见我和他一起跑以为我们是一伙的。

24. 今天，有位帅哥要搭我的顺风车，狂开心。上车后，我开车很快。帅哥说，你开车的姿势真酷啊。

我一听，更加来劲了，一边用左手打方向盘，一边用右手戴上我的太阳眼镜，谁知左手一打滑，赶紧猛的一刹车，右手的眼镜没有戴上去，一只眼镜腿直勾勾地插到我的鼻孔里去了，拿出来还带出一坨鼻屎！

25. 昨天收到一条猫扑 hi 请求加好友的信息：“我是你妈”，我当即回了句“我是你爹！”给拒绝了，然后就接到我妈电话说：“加我，快！”

26. 今天，跟几个瓷在一块想照个合影，就把相机交给一个路人，结果这孙子在20尺以外还让我们站得紧一些，然后拿着相机跑了。

27. 我在QQ上留言我想养仓鼠，爸爸直接回了句，它留下你滚！

28. 今天，跟心仪的女生表白，给拒绝了。她一本正经的说：“我觉得我们现在应该以学习为重！”妈的，后来我打听了一下她成绩是倒数的！

29. 今天，学了个新的东北口头禅，“吓银（人）”，刚在车上说了句吓银，然后前座的玉姐非常鄙视地回头瞪我：“生孩子不好好说生孩子，说下人，流氓！”

30. 今天，我和我男友的父亲第一次见面。我、我男友还有他爸爸在一家餐厅吃饭。男友的手一直在桌子下面和我调情，当他去了洗手间以后，那只手还在我的大腿上……

31. 今天，在超市无聊的排队中，忽然看到有个少妇抱个小孩，我忍不住跑过去说“呦！小朋友真可爱。”结果人家抱的是个椰子。

22. 今天，早晨在公厕便便的时候，我觉得揩屁屁的时候手纸好像破了，触摸到了菊花，为了确定我闻了下手指，靠还真是，天啊我还没吃早饭呢……

23. 某虎背熊腰的同事今天结婚，那个酒店有三对新人举行婚礼，而且三对新人都站在门口迎接客人。

我到酒店门口之后就恭喜同事新婚快乐，而且对旁边穿婚纱的美女说："嫂子真漂亮啊！哈哈哈……"同事干笑着，从身后拉出他老婆，说："这才是嫂子。他太胖了，把媳妇儿完全遮住了！"

24. 一次课上老师让做 ppt 展示，以前从来没用过，正好那次我第一个上去讲，开了电脑投影仪半天没反应。下面几个同学喊按 F2，按 F2！

于是我犹豫了一下，问道："是俩键同时按吗？"

25. 今天，我出去遛狗。像往常一样，它在草丛里面拉屎，然后走到一边去了。我蹲下来，准备用袋子把它的粪便装起来扔掉。这时，它看到另外的一条狗狗，很兴奋地高声叫着就朝那只狗冲了过去。我被狗绳拽倒在地，脸正好对着狗屎……

26. 今天，我一边咬着笔一边听老师讲课。突然，"啪"的一声，我咬得太狠了，笔好像被我咬坏了。我捡起笔来一看，它好好的。原来是我的一颗大门牙挂了。班里所有人，包括老师，都看到了……

27. 今天，我在一场考试中。我一边咬着钢笔一边思考着题目。一不小心我把墨水吸到嘴里面了，但是考试不允许中途退场，我只能坐在考场里面，伸着我的蓝舌头，用着时而断水的钢笔继续剩下一个小时的考试。

28. 今天，我在人行道上面晕倒了，当我醒来的时候，我还躺在人行道上面，人们从我身上跨来跨去，我的手提包还不见了。

39. 今天我在遛狗时，一路拿着一个袋子一吸一吹当气球玩。不久后狗狗便便了一坨，我就用袋子把便便装了起来继续走。回家的路上，我一不留神又把袋子当气球玩，所有的东西都到了我脸上和嘴巴里……

40. 今天，我们全家在一起吃晚饭，包括我的祖父母都在。这时我妹妹问什么是自慰。我妈说："怎么不去问你哥哥，他是个专家。"

41. 今天，我老板给我打电话问我有没有时间来加班，我说："我不行，我有约会。"然后我老板说："你就说不行就可以了，何必要撒谎呢。"……

42. 今天，我在篝火旁边烤着正爽呢，忽然一个火星飞出来落在裤裆处，我当时眼疾手快使出吃奶的力气一拳捣在铃铛上。

43. 今天，我从酩酊大醉中醒来，发现我就穿一条短裤和一只袜子躺在花园里，挣扎着爬起来后，看到我的车半截从车库的墙扎进去，上面还贴了个条子：对不住啊哥们！

44. 在八个月纪念日的时候，我男朋友送了我一条坠饰狰狞、巨难看的项链，我其实特别不喜欢，但我还是戴了。后来我脖子侧面起了红色的过敏印儿。今天，我男朋友就因为这个非说是我又有了别的男人了，还说要和我分手……

45. 今天我想趁我老公上大杂烩的时候从后面吓唬他。当我走到椅子后面的时候他忽然坐起来。我就停住了，他转身打了一个猛烈的喷嚏，一股鼻涕喷到了我脸上和眼睛里。

46. 今天，同事告诉我说，她不开心就回去和男朋友大哭大闹，结果男友温柔的带着她去吃烤肉，然后两个人甜甜蜜蜜的。

于是我也回去和我男朋友哭哭闹闹的。

结果男朋友说：“分手吧。”

……

47. 今天一个流浪汉向我要硬币我没给他，告诉他我身上没有，他非常生气的向我吼道：“没钱谁 TM 来这个城市啊？”

48. 今天我洗澡的时候，男朋友忽然跳了进来，我们有一点点小兴奋的时候，老妈的手穿过了帘子把套套丢在了浴池里，说：“注意安全啊。”

49. 今天，我问了交往了将近十个月的男友，他最希望和哪五个女人 OOXX。我排第三，我妈排第二。

1. 和女友约会，看到前面有个和我女友很像的人，就上去拍了下她屁股。 她一转头就给了我一巴掌。这时有人拍我肩膀，我一转头女友就给了我一巴掌。

2. 军训站军姿，腿都很酸，教官让大家想些美好的事。过了一会，旁边的人说，我硬了！

3. 去朋友家玩，碰巧朋友老婆在喂奶，碰巧的碰巧小孩不肯吃奶。于是对着小孩开玩笑："快吃，不然叔叔吃了！"55555，不敢见他们了。

4. 上学的时候学校是平房，九月份开学，来了好多新生。一天一个新生好像是课代表捧着一堆作业，问我："数学办公室在哪？""男厕边上。"数学办公室确实在男厕边上，不过是左边。那位老兄走到了男厕右边对着门喊"报告"。停顿了一下，里面传出个女声："不许进"！

5. 一日酒醉，尿憋去小解。在小便池前打开拉链，捏住JJ，然后解的非常畅快。然而，越来越觉得裤裆湿湿的。睁眼低头仔细一看，发现刚刚捏住的是另一只手的大拇指……无语。

6. 记得那时候上大学，和男朋友分居两地。平时每天都是用手机保持联系。一天，打他手机，停机了。正好要到楼下小卖部买东西，于是顺便给他充了 20 块钱的话费。没想到，刚回寝室，男朋友的电话就来了。他说：哈哈，想不到天下竟然有那么 SB 的人，竟然充话费充到他手机上了……我立马挂下电话，头上三条黑线。

7. 酒喝醉了，晕晕糊糊地回家，到家不久就吐了。第二天早上老婆说："在外边吃就吃了、喝就喝了，就不要来家汇报吃的啥东西了。"

8. 高三的时候，我们历史老师叫建文。明朝有个建文帝。上《古代史》的某天，历史老师进教室说了一句"上课"，下面同学齐声喊"吾皇万岁万岁万万岁"（当然是事先预谋好的）。强悍的是，历史老师很冷静地答道："众爱卿平身。"Orz~ 囧啊 ~~ 这时候全班都还是站着的……

9. 上大学时急救课上，心肺复苏急救，教授边说边演示。教授：双手按压胸部，不能使劲儿太大，压下 2~3cm 即可，劲儿太大容易把病人肋骨压断！下面请看示范（双手使劲儿一压）。咔嚓一声！模型的肋骨断了。教授尴尬地说，下课 ~

10. 去男友家过夜，洗澡，看到一块肥皂拿起来就用了。用的时候感觉怪怪的，后来洗完男友亲我，一闻味道不对，问我"你不是用给来福洗澡的肥皂了吧？"

11. 老婆看我小侄子刚出生没多久的照片，大笑："看，还露小 jj 呢！"结果我小侄子冷冷地甩给她两个字："流氓！"

12. 昨晚和老婆 ML，她躺在桌子上，正进行中，只见老婆手在桌子上摸了两下，竟然拿起一个核桃就开始咬，我崩溃了，说："老婆，咱们一周才一次，你能不能专业一点。"

13. 那天突然接一个电话："猜猜我是谁？猜中有礼物哦！"我把可能的人都猜了

一遍，还不对。后来我怒了，问：“你 TM 到底是谁？不说我挂电话了！”结果那人说：“我是送快递的，你有一个包裹……”当时我就吐血了。

14. 忠言逆耳！1. 如果你是男的，请不要养狗；2. 如果养狗，千万别养能跳上床的狗；3. 如果养的狗能跳上床，你千万不要裸睡；4. 如果你真的喜欢裸睡，千万不要用香肠养狗；5. 前车之鉴啊～～囧

15. 那天我路过一条街，发现街上都是站街女。其中有一个竟还朝我热情地招呼起来：“帅哥，来玩玩吧～”我粗着嗓子冲她吼了一句：“我喜欢男的！”于是她看都懒得再看我一眼，头也不回就走了。其实我说的是实话，我的确喜欢男的。我那天戴着遮阳帽，还有墨镜，穿着牛仔裤。我个子比较高。因为夏天太热，我把留的一头长发给剪掉了。更主要的是，看来我得丰胸了……>_<

16. 手机飞信给男朋友发短信，结果发给他一关系不错的老乡，上面写着“老公，别担心了，偶大姨妈来了……”

17. 有一次晚饭后跟 BF 一起散步，结果散了很长时间，往回走的时候天也很黑了，走的很累，就在路边的公交站坐着歇脚，然后我感慨要是这时候还有车坐就好了，BF 讽刺我说，要不我们打车回去吧！其实总共才剩下 1 站地了，正巧这时候天上有飞机飞过，我大脑一热冲口而出，我们去打飞机吧！然后 BF 立马说好啊，我们去打飞机，走，去对面小树林！我囧了！唉，说话要三思啊… …

18. 一日上完体育课，肚子饿的不行，跑到餐厅吃饭，

人多，太拥挤，也乱，我就对打饭的大婶喊："我的饭速度快点啊！"大婶就对里面做饭的人喊："里面的快点！要饭的等急了。"

19. 逛超市呢，看到一收款员在很认真数一堆硬币。一小孩跑过，边跑边唱：门前大桥下游过一群鸭，快来快来数一数，二四六七八……然后收款员很郁闷的把数了一半的硬币倒回去重数。

20. 小学五六年级时，一天晚上在表弟家看电视，看 CCTV6。到床戏时，姑姑拿着遥控器就要换频道，说："小孩子不能看这个。"弟弟一把抢过遥控器，喊："放心吧，不会脱的。"

21. 有一次玩我们寝室一个同学的电脑，发现有一个文件夹，里面全是网上下载的裸女图片，其中有一张竟然是一个日本裸体女人，一时心血来潮就把那张图片给他设成了桌面，之后一直等他回来打开电脑，没想到一直不回来，后来饿了，就出去吃饭，回来发现他的电脑没了，过了半个小时看到他抬着电脑，一脸吃屎的表情。原来他的电脑显示器在我们关机后坏了，他拿到食堂里的维修部去修，修好后非要打开试一下，我们食堂能容纳 200 多人的……

22. 老婆买了新衣服，急不可耐地穿上在浴室对着镜子自拍，然后传到网上显摆，今天才发现有一张的镜子里有我全裸着坐在马桶上上厕所的照片……

23. 我和老婆去卧佛寺游玩，老婆路上走不动，于是我背她。一个老婆婆看见了，严肃的说：看你也是读过书的人。老婆有病还是早点去医院，拜佛是没用的。

24. 下车棚取车，见四下无人，就很豪迈地放了个屁，结果引起隔壁电摩防盗器巨响……

25. 养的 QQ 宠物死掉了（名字叫宝宝），然后在 QQ 空间里心情更新为：纪念我的宝宝，被老乡看到以为我打胎了，告诉了她妈，她妈又告诉了我妈，结果，

我爸妈现在都不接我电话，换个号打进去，一听我声音就挂。

26. 我爹娘说，我小的时候和他们一起住宾馆，早上起来他们发现我很乖巧地拿牙刷刷牙，问题是宾馆的洗手池比我人还高，他们就问我怎么接到水的，我带他们走进厕所，指着马桶……

27. 前天我和朋友一起吃饭，结果我喝多了，溜出饭店呕吐，我扶着边上一部轿车，没有想到的是来了个 police，“快开走，这里是禁停区！”因恶心不想说话故摆了摆手。“怎么了？喝酒了？”掏出对讲机就叫了拖车。眼看着轿车被越拖越远，“有病啊！不是我车，怎么开！？”

28. 高中时的语文模拟考，发卷之前听说本次考试最高分是 139 分（满分 150），当时大吼一句，MD，是不是人啊，考这么高，卷子发下来，发现是自己的……

29. 晚上超市买速冻饺子，促销 mm 热情招呼我，还拉扯过去：“尝尝吧尝尝吧！！”唉，盛情难却啊，吃了一个，咀嚼时促销 mm 一直盯着我，待我吃完，她认真地问：“熟了么？熟了我就捞起来了……”

30. GF 出差，告诉我买了一件性感睡衣。我说想你啦，给我发张近照。问我穿着照还是脱了照？大喜！忙回答：脱了照！脱了照！第二天，邮箱里传过来一张挂在凳子上的性感睡衣照片……

31. 有个朋友和一个帅哥合租，有一次晚上她很沮丧，然后那个帅哥很体贴地给她烧了碗面。她觉得很温馨就说：“我们就这么凑合过过算了。”没想到帅哥说：“你没男人要，我可有的！”

32. 今天早上坐在公交车上，我后面的一对母女在讲话，她妈妈在考她，说：“我们家有 20 个苹果，你吃了 5 个，还有多少个呀？”小女孩想了一会，说：“15 个。”过了一会，小女孩跟妈妈说：“妈妈，我也跟你出一道题，我有十个手指头，爸爸剁了我两个，老师剁了我一个，我还有多少个手指头？”

33. 上次去饭馆吃饭，跟朋友谈拍摄短片的问题。朋友非要拍出 30 分钟的片子，而我坚持 10 分钟就够了。说着说着就开始激动起来，我站起来一拍桌子，大喝一句：“短有什么问题？短有什么问题？这东西是看技术滴！”然后感觉我周围的人都投来怜悯的目光……

34. 中学时物理老师上课讲摩擦生电说：“我们冬天的时候脱毛衣，毛衣都会嚓嚓响，还有电光。但是夏天就不会这样，为什么呢？”后面的男生：“因为夏天不穿毛衣。”

35. 我们以前宿舍有个娃（男的），老实的有点笨，而且有时候傻得可爱。有一次晚上熄灯后，大家又在聊天，他就讲，等老子有钱了，就找三个女生。我们口味就被他调起来了，问他说然后呢，只见他镇定地说，打麻将……

1. 我们小学毕业非典了，我们初中毕业禽流感了，我们高中毕业甲流了，我们大学毕业，2012 了……

2. 转自教育局：为迎接 2010 年高考，增强广大高三同学信心，特邀你回母校参加模拟考，为高三同学垫底。特此通知，请互相转告。

3. 有只胖鸽子，从阳台走进中厅，勇敢地拉了一坨屎后，飘然离去！不要迷恋鸽，鸽只是个传说。

4. 等中国强大了，全叫老外考中文四六级！文言文太简单，全用毛笔答题，这是便宜他们，惹急了爷，一人一把刀，一个龟壳，刻甲骨文。论文题目就叫论生产力，听力全用周杰伦的歌，双节棍只听一遍，阅读理解就用周易，口试要求唱京剧，实验就考包……

5. 2012，如果地没有裂，楼没有倒，厕所没有爆，路人甲没有跑，我会在 2013 年 1 月 4 日（爱你一生一世），这个千古难寻的大日子里，和我爱的人走进婚姻的殿堂！

6. 刚上大学，我们怀着憧憬看了《奋斗》，当我们踟躇的时候，我们看了《我的青春谁做主》，就当我们即将豁然开朗的时候，一部《蜗居》把我们全拍死了。绝望中，我们看了《2012》，顿时淡定了。买什么房子啊，早晚要塌的！

7. 话说唐中宗李显是历史上最牛 X 的皇帝。这是为什么呢？因为他自己是皇帝，父亲是皇帝，弟弟是皇帝，儿子是皇帝，侄子是皇帝，更要命的是他妈也是皇帝，于是历史给了他一个很光耀的名字：六位帝皇丸。

8. ——“原来你就是传说中的 290？！”
——“290 是啥？”
——“290 就是 250+38+2。”

9. 鸳鸳相抱何时了，鸯在一旁看热闹。

10. 起初他们追杀魔兽世界玩家，我没有说话，因为我不是魔兽世界的玩家；后来他们封禁 YouTube 和 Twitter，我没有说话，因为我不用这两者；此后，他们关闭 BTChina，我没有说话，因为我是电驴主义者；最后，他们奔 VeryCD 而来，却再也没有人站起来为我说话了。

11. 明天你是否会想起 / 昨天你下的日剧 / 明天你是否还惦记 / 曾经红火的越狱 / 网友们都已想不起 / 下载了多少个 G/ 我也是偶然翻硬盘 / 才想起 CHINABT/ 谁封了你的服务器 / 谁锁了你的 IP/ 谁把你的资源清洗 / 谁给你做的寿衣……

12. 据说某公司招聘，先把收到的一大堆简历随机扔掉一半，因为他们的招聘理念是——我们不要运气不好的人。

13. 我终于知道苏格拉底为什么死了，因为雅典人被他永无止境的“为什么”唠叨烦了，最终集体投票把他和谐了。

14. 听说光棍节去偷食堂的筷子就能摆脱单身……

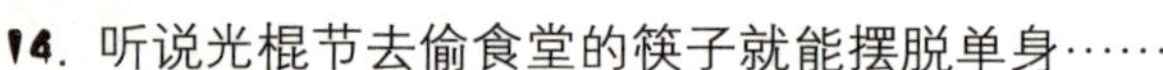

15. 就算生活只是个杯具，我也要做个官窑上品青花瓷杯具。

16. 清华女人就是专业，今儿在 C 楼听见一个女的打电话："刚开始你把我当氧气，后来当空气，再后来当二氧化碳，现在已经把我当一氧化碳了，你什么意思！"

17. 某大学老师："08 级的男同学你们不要着急，你们未来的老婆现在还在中学蹦达着呢……成功人士平均比配偶大 12 岁，这样算来你们很多人未来的老婆还在小学一年级蹦达着。所以说现在养的那是别人的老婆～～"

18. 前段时间浙大跳楼的讲师，当年是清华水利年级第一、西北大学全奖、四年 Ph.D 毕业、2 年博后、六篇 google 学术收录文章、三篇 SCI。到浙大以后，一个月 2000 块……

19. 快期末了，大家一起跟我唱："我家住在黄土高坡，大风从坡上刮过，不管是李宇春还是曾轶可，都是我滴哥我滴哥。我家住在黄土高坡，日头从坡上走过，不管是拜春哥，还是拜曾哥，保佑我及格，不挂科！"

20. 刷牙是一件悲喜交加的事情，因为一手拿着杯具，一手拿着洗具。

21. 你永远不能战胜一个纯牛逼，因为他会把你的智商拉到跟他个水平，然后用丰富的经验打败你，这句话解释了一个困扰我很长时间的问题……

22. 后轮爱上前轮，却知道永远不能和她在一起，于是他吻遍了她滚过的每一寸土地。

23. 目前中国男女人口比例为 116.9：100，所以呢，男同胞们要好好奋斗了，不然你就是那 16.9！！女孩们就更应该努力的，否则，连那 16.9 都轮不上你！！

24. "恋"是个很强悍的字。它的上半部取自"变态"的"变"，下半部取自"变态"

的“态”。

25. 让世界低头是一种霸气，让自己放手是一种魄气。

26. 八戒，别以为你站在路灯下就是夜明猪了 !!!

27. 在星巴克，我点着一杯卡布奇诺。在这群安静的装逼侠对我侧目的时候，华丽的打开我的橘子 iphone，刹那间整个星巴克被一首高亢而又悲凉的《月亮之上》所笼罩。顿时，那些星巴克里面的装逼侠们，内牛满面……

28. 人生最大的悲哀就是：新欢变成旧爱，冲动变成习惯。

29. 企鹅 GG 和企鹅 MM 去约会，企鹅 MM 还没有到约会的地点，企鹅 GG 就一直在左看看，右看看；左看看，右看看；左看看，右看看……企鹅 MM 来了后看见企鹅 GG 这个样子，怒了！一巴掌呼了过去骂道：“你以为你 TMD 在登陆 QQ 啊！”

30. 有一句说一百句的是文学家，这叫文采；有一句说十句的是教授，这叫学问；有一句说一句的是律师，这叫谨慎；说一句留一句的是外交家，这叫严谨；有十句说一句的是政治家，这叫心计；有一百句说一句的是出家人，这叫玄机。

31. 我问克丽斯丁娜，这么年轻当修女，结不了婚，生不了孩子，白天困都不能睡，什么事都不能做，受的了吗？她很惊讶的反驳到：“谁说我没结婚，我早就嫁给上帝了。”

32. 复习 = 不挂科，不复习 = 挂科，所以，复习 + 不复习 = 不挂科 + 挂科，提公因式（1+ 不）复习 =（不 +1）挂科，约分，所以，复习 = 挂科。我靠，真理诞生了……

33. 时间是最好的老师，但遗憾的是——最后他把所有的学生都弄死了。

34. 学士上面是硕士，硕士上面是博士，博士上面是博士后，博士后上面呢？如果你够勇敢再读两年是勇士，再读五年是壮士，再读七年是烈士，烈士以后呢？国家会推出圣斗士，读满两年是青铜的，五年是白银的，七年是黄金的。

35. 厦大站坐公交车，上来一个和尚（厦大边上就是南普陀寺），上来一直在讲电话，到了将军祠站（大概有 20 分钟了），那和尚突然大声吼了一句“你到底还爱不爱我？”整部车突然安静了下来……

1. 如果钱还宽裕，别养二奶，偷偷养几个贫困山区的学生。别让人家知道你是谁，要不然见面了多尴尬，多不好意思。但是你心里一定会觉得舒坦，比包二奶提心吊胆的要好得多。如果真想包也可以包一个，好事坏事一起做。人吗，本来就复杂。

2. 遇到夜里摆地摊的，能买就多买一些，别还价，东西都不贵。家境哪怕好一点，谁会大冷天夜里摆地摊。

3. 遇到学生出来打工的、勤工俭学的，特别是中学生、小姑娘。她卖什么你就买点，如果她不是家庭困难，出来打工也需要勇气的，鼓励鼓励她吧。

4. 捡到钱包就找找失主，如果你实在缺钱就把现金留下。打电话告诉失主就说你在厕所里捡到的。把信用卡、身份证、驾驶执照还给人家，一般人家也不会在乎钱了。把人家的地址记在你的笔记本上，以后发达了去找人家道个谦，把钱还给人家。

5. 遇到迷路的人打听某个地址，碰巧你又知道，就主动告诉一声。别不好意思，没有人笑话你。

6. 遇到迷路的小孩和老头老太太，能送回家送回家，不能送回家的送上车，送到派出所也行，如果有电话的替老人或小孩打个电话就走，反正你也不缺那两个电话费。

7. 雨雪的时候、天冷的傍晚或者是雪天的傍晚，遇到卖菜的、卖水果的、卖报纸的剩的不多了又不能回家，能全买就全买，不能全买就买一份，反正吃什么也是吃，看什么也是看，买下来让人早点回家。

8. 上车遇到老弱病残、孕妇，让座的时候别动声色，也别大张旗鼓。站起来用身体挡住其他人留出空位子给需要的人，然后装作下车走远点。人太多实在走不远，人家向你表示谢意的时候微笑一下。

9. 遇到要钱的就给他（她）点饭，遇到要饭的就给他（她）点钱。

10. 如果时间还宽裕，而且碰巧觉得我说的在理，那就顶一下我的贴子，总比去顶看了没什么收获的贴子舒服。时间宽裕，就请把这几句话多转几个地方，毕竟好人多了咱们心里也舒坦。

1. 公交车上，一漂亮 mm 遭色狼骚扰，忍无可忍，回头大吼一声：“你挤个屁啊！”全车鸦雀无声，色狼也愣了，沉默两秒钟，怯怯地说：“没……”
2. 服务员：“欢迎光临。”顾客：“我要一个圣代。”服务员：“什么口味的？”顾客：“麻酱的……”
3. “回床率”，好词儿。
4. 我先脱了。您随意。
5. 贫僧是自东土大唐而来，专程去往西天拜佛求亲的。
6. 风卷云动雨倾城，叩窗犹如瓦缶鸣。玻璃问雨累不累，雨问玻璃疼不疼。——偶得下雨诗一首。
7. 别用你舔过别人屁股的嘴说爱我——网上有一人名字叫这个。
8. 我一贱你就笑。
9. 这个信息泛滥的时代，你还要以掌握更多信息为荣么？我早就以什么都知道为耻了！
10. 跟广告创意一样，很多好玩儿的句子，想出来之后才知道早被人想过了。比如——性生活不能自理。
11. A：你是我的小天使吗？
    B：是。

A：啊！我终于找到你了！满足我一个小愿望好吗？

B：去你妈的，就你事儿多。

12. 你我皆烦人，剩在人世间。

13. 南方性开放，北方打麻将，喝酒吹牛逼，全国都一样。

14. 弄一聊天机器人，光会说句“是么？”就足够，别人说什么都这句，绝对聊遍天下无敌手。

15. A：我大姨妈刚走。

B：哦，最近车票不大好买吧？

16. 我说：姑娘啊，我已越陷越深。

姑娘说：嘘，你不可自拔。

17. 4 年没见到老婆了，她去年给我生了个大胖小子……真想回家看看啊。

18. 以前提出上床，会说你恋爱动机不纯；现在提出恋爱，会说你上床动机不纯。

19. 一天到晚想死的鱼。

20. 最近又闹开会了，大家出门都小心点儿。

21. 恋爱还是要年轻时谈才好些。年纪大了，上来互相先问你谈过几个我谈过几个，或者干脆问你睡过几个我睡过几个，还都特坦然，特豁达，特不当回事儿。

22. 问：你和你的朋友在一起时都干吗？答：嗯。

23. 挣的是卖白菜的钱，操的是卖白粉的心。

24. 这么个时代，这么个世界，不得个抑郁症什么的你都不好意思见朋友。

25. 某女宿横幅：今日华夏女生，明日成功女性。我个人觉得，这要是某男宿横幅就更有点意思。

26. 我可好玩了，不信你玩玩。

27. 对不起，你拨打的用户已结婚。

28. 当时间和耐心都已变成奢侈品，我们只能靠星座了解彼此。

29. 看中美网民网上活动对照表，我的理解是，人家是在网上生活，我们是在网上逃避生活。

30. 漫漫人生路，总会错几步。

31. 你有权保持不沉默，但我们很快会让你沉默的。

32. 三分天注定，七分靠打扮。

33. 门门功课都得 a，不如人家一对 c。——据说是猫扑网友的名言。

34. 公司的无耻程度总是超出员工的想象。

35. 自从深发展银行推出那条知性的广告语“只想与你深发展”后，银行业内人士又自编出了更知性的姊妹篇：“光大是不行的”。

36. 早晨在路上见一车，车后贴一标，标上一句话：驾校除名，自学成才。

37. 与有趣人，做无耻事。

38. 像 @d 般咧嘴笑起来。——某翻译小说中的一句。

39. 好难，不跟女斗。

40. 任何一个消息在经过官方否认之前都不能相信。

41. 一人眼力不好，某日，买了只活鸡，提着回家。狭路之上，迎面走来一人，手里托块儿豆腐。眼看越走越近，便对那人说：小心点儿啊，这肥油别蹭我身上。对面那人闻听，瞧他一眼，说：呵，就您这眼神儿还玩儿鹰呐？

42. 没有拆不散的夫妻，只有不努力的小三。

43. 将客户睡服。

44. 琴棋书画不会，洗衣做饭嫌累。拒绝生儿育女，上床按次收费。——新时代女性宣言。

45. 只要功夫深，一日夫妻百日恩。——据说是某相声里的词儿。

46. 还有一个：“喂，印钞厂陈书记吗？我订的纯金名片是中分的，对……对……像《赤壁》里的周瑜，不要像诸葛亮。”

47. 文丑而颜良。——这句用来评价一部分女作家，倒也公道。

1. 脸皮要够厚，最重要的是，不管板砖砸得你多么的痛，权当没有看到没有听到，骂不还口，打不还手，英雄就义般的壮烈，我行我素，继续逍遥，总有成名时。

2. 能够颠覆时空，要能够改写历史，能将白的说成黑的，能将 CEO 改成 CPO，能整出“小鸡为什么要过马路”这样无聊当有趣的东东。你别指望工整有序的东东能在网上获得欢迎。

3. 杀人不眨眼，见谁骂谁，见谁板砖谁，管他说得有理还是无礼，只要你心情好就要骂，心情不好更要骂。这年头不骂人你一辈子甭想出头。

4. 不断地 COPY，即使你没有满腹经纶，即使你初中也没有毕业，但只要你会象网络编辑一样不停地 COPY，或者象小沈阳一样将别人的东东串在一起，不断地发贴，谁也不能忽略了你的存在。

5. 学会耸人听闻，网络上的帖子获得点击注意力的法宝之一是要会取个惊天动地的标题，比如“网上色狼大战美眉三十六式”，尽管你只是想表达一个网虫在聊天室与美眉们聊的三十六句话。这年头就这样，不高呼一声“挑战微软霸权”

能这般的牛 B 吗?

6. 能够坚守阵地，就象邱少云炸碉堡一样，首先你要在这个坛子里混得脸儿熟。即使你一点成名技巧都没有，只要每天按时来报道，跟在每一位大爷大妈流鼻涕的小妹妹后面屁颠屁颠地说话，想不让人记得你也难。取 N 个 ID 是你成名以后的事，那时候嘻笑怒骂更可以一切随心。

7. 紧急盯人技术，要出名先横下心来，依仗自己肚子里的那点墨水，盯着某一个成名人物锲而不舍地骂，而且引经据典，将他的祖宗八代的丑事给扒出来，比如他前任女朋友现在天上人间坐台这样的小事也不能放过。或者他小时候曾经偷窥过猪圈里的猪同志调戏猪小妹。

8. 要有钱有闲或者公费上网的机会，如果你都靠自己微薄的工资在网上瞎泡，估计是一种痛苦，只有公费上网才可以畅所欲言，而不用巴巴地看着钟表的速度。不要跟我说你很有钱，不在乎，有钱的人还真不乎钱，可他在乎时间啊，所以，你没钱。

9. 或者你是版猪，那么你出名的机率就非常高，你可以不断地以删贴的方式来证明你的威严，也可以不断地将自己的鸡零狗碎加为精品，哪怕是转贴 COPY 来的东东，这样你的生命指数与战斗力指数便会猛烈增值。

10. 出卖色相也不失为最后一招，逢人搭话，遇鬼调情，见人先来个公关笑咪咪，直将网络大虾们的口水调得涎地八尺。

做狗难，做柴狗更难，做个城里人的柴狗就难上加难。

跟他玩他嫌烦；不跟他玩他说你没亲和力。

挑食吧，他说你有毛病；什么都吃吧，他说你没贵族气质。

挨揍扛着他说你没个性；挨揍反抗他说你没良心，要造反。

吃得少吧，他说你假秀气；吃得多吧，他说你世代没吃过肉。

老实点，他说你呆头呆脑；活泼点吧，他说你才进城就要疯。

瘦了他说你涮吧涮吧不够一锅的；胖了他说你除了肉没啥价值。

打架输了，他说你不中用；打架赢了，他说你见着Z狗压不住火儿。

见人摇尾巴他说你贱；见人不吭声他说你迟钝；见人叫唤他说你野性难训。

睡会儿觉他说你懒；磨爪子他嫌你毁东西；磨牙他说你图谋不轨想咬谁呀；跑跑步吧，他说这儿又不是你们家那头儿。

听不懂人的语言，狗是多么幸运！

到广州问事得带只鸡去，上次我在广州问路，问了半个多钟头，那广州人一个劲地叫“母鸡”，我敢肯定他想索只鸡作买路钱。

这个河南人，我又没有要他帮我挑东西，干吗他老在那里喊“重，重（中，中）”？

中国人情急时都求救于母亲，叫声“妈呀”。只有桂林人例外，他们急时都想要儿子来帮忙，大叫“我崽！”，哪怕儿子还没出生呢。

四川人可能自视聪明，说话时，总冲着对方唤“傻子”。

湖南人最惧内，他们尊称自己妻子为“坦克”（堂客），你见过这种庞然大物吧，嘿，碾过来可不得了呢。

到南宁人家作客，你会发现这些家庭是由佛教和道教弟子还俗后组成的，至今家中仍保持出家时的宗教尊称：妈妈是“老衲”，爸爸是“老道”。

到合肥人家作客，饭前饭后都要洗（死）。有一条礼仪是务必要注意的，即主客在彬彬有礼地谦让的同时，还要满脸笑容地互相诅咒：“你死（洗），你死（洗），你先死（洗），我后死（洗）。”

几位来自各地的中国人偶尔聚在一起，闲得无聊。为了打发时光，北京人提了个倡议，不料这一下竟惹得大家争执起来。

北京人说：“杵着傻拉巴几的，咱哥们儿侃大山磕打牙解解窝憋儿。”

四川人说：“侃啥子大山哟，瓜兮兮的。我们四川人住的是愚公的屋子——开门就见山咯。马尾穿豆腐——没得提（题）头嗦。还是摆龙门阵把势嘛。”

上海人说：“侬讲啥？龙门阵是啥个物事哇？阿拉听得满头雾水，稀里糊涂个。阿拉个意见阿拉侪勿要憨里憨气立迭搭辣还浪费辰光，大家侪吹牛皮轧讪胡白相白相。”

陕西人说：“不不不，那是谝闲传。”

山西人说：“嘿，真是没脾气，那是瞎撇。”

东北人说：“看你们整的，瞎忽悠。其实就是大伙儿唠嗑。”

主料：适龄未婚男女各一名（初恋者为佳），情敌一至三名，选红娘一名备用。

调味料：言情小说一部，浪漫一瓢，醋三至五勺，盐花一把，定情信物各一件，真诚各一份，嫉妒少许，柔情千种，思念万般。

烹制方法：

1. 将男女分开，分别用言情小说的浪漫情节腌制，以二至三年为宜，至入味；
2. 将男女同时放入同一容器内，放浪漫少许搅匀，如有必要，可加入少许红糖；
3. 将男女分开，分别放入思念万般拌匀发酵；
4. 将发酵好了的男女同时放入烹调爱情的锅中，加大量浪漫、柔情千种、真诚各一份，用爱火慢慢焙煎；（注意：切勿用猛火，用猛火难以烧透入味，并容易出现夹生现象。）
5. 加入情敌一至三名（男女均可），再加醋三至五勺，嫉妒少许，加大火力，翻炒数次，一增加其味，使其波折重重；
6. 除去情敌，除去嫉妒，再加入浪漫，用爱火欲火反复煎熬，使其灵肉合一。起锅时，撒盐花一把，成盘后，附定情信物各一件一起上桌，此菜即成。

后排小姐：

您好！在这寂静的几乎接近真空的教室里，您磕瓜子的声音如洪钟一样响亮，忍无可忍之下才拿起笔来提醒您一下，虽有吃不到葡萄说葡萄酸之嫌疑。

诚然，您磕瓜子是不违反国家和地方大大小小的法规的，您完全有理由挺着胸膛，理直气壮地上下嘴唇一动，一颗瓜子落入口中，咀嚼香香的瓜子。但是我想告诉您，您的行为从道德上讲恐怕不妥当吧。您试想，您磕瓜子，声如洪钟，心花怒放，兴高采烈；我等心烦意乱，如坐针毡。如果您停止嘴部运动，或者降低分贝数，保一方平安，双方受益，何乐而不为呢？

当然，在我们这个社会主义民主国家里，人人都是平等的，更何况国际形势一片大好呢。我想我们之间的对话会更具有建设性，至少我们不存在语言的障碍，我希望尽快达成共识，取得突破性的进展，为建立一个安静，良好的教室氛围而努力！

后排小姐，让您的行动如同您靓丽的外表一样讨人喜爱吧！

无奈的前排男生

前排男生：

您好！对您在这次对话中表现出的真诚表示赞赏，本小姐并非要扰乱社会治安，其实我也有我的苦衷啊，实属无奈之举！

请您转过头，向右看，在距您 3.7 米，在距我 4.2 米处有一只散发着浓郁的“香”味的脚丫，它极力想证明自己的存在，早已脱离了自己的载体，而从它的主人的面部表情来看，大有洋洋得意之情形，而你我只有垂头丧气了。

您也知道，现在教室的座位供不应求，来晚了找位子自然比上蜀道还难，虽然现在教室的环境不容乐观，但你我亦不应该挑三拣四，有座位已经很不错，心满意足吧，要有大将风范，自认倒霉，哈哈！

在这种纷繁复杂的环境下，磕瓜子至少可以在自己的周围形成一个保护圈来抵制脚丫毒瘤的和平演化，也算是以毒攻毒吧（用词不当啊）。

现在的形势很明朗了，在我们不可能更换教室的前提下，一方面我尽量降低声音，另一方面您不妨也试一下我的方法，到目前为止，我可以援助您 38 颗瓜子。

好了，我们已经取得初步共识，达成了谅解协议，如果您需要瓜子的话，请小声敲桌子三下，本小姐一定奉上。

同样无奈的后排小姐

南郭先生升官记

南郭先生不会吹竽，以前混在皇家乐队充数。齐湣王上台后，想听竽独奏，南郭先生闻讯后赶紧逃走怕露馅。没出宫门，南郭先生遇到一位老乡，他在皇宫当差，满脑袋主意。老乡问：先生在皇家乐队何等风光，为何要出走？南郭说自己不会吹竽，只好干点别的，说着说着流出两行泪水。老乡听了哈哈大笑，说，南郭先生你是天下最傻的傻瓜，最笨的笨蛋，不会吹竽算什么毛病！于是在他耳边一阵嘀咕，南郭先生恍然大悟，急急忙忙回到宫里。一天深夜，南郭先生来到皇宫张总管家里，送上白银 1000 两，这银子是老乡借给南郭的。望着白花花的银子，张总管笑逐颜开，阴阳怪气地说，南郭你找我有何事需要帮忙，尽管道来。南郭先生便把自己想当皇家乐队队长的想法全盘托出，并发誓，如果如愿，一定重谢张总管。张总管心想，皇家乐队队长也不是什么大官，于是满口签应，说要全力在皇上面前推荐。

几天过后，南郭先生便接到了皇上御旨，被封为皇家乐队队长。南郭揣摩，没想到升官如此容易，幸亏没逃之夭夭。这天，齐湣王带领文武大臣来听竽师们单个吹竽。南郭先生是队长，第一个出场装模作样瞎吹一气。吹毕，张总管带头鼓掌，连声叫好。大家齐声附和说：吹得好，吹得好。齐湣王以前没听过个人单独吹竽，为了表明自己明白吹竽艺术，也大声叫好。南郭先生一炮打响。其他竽师尽管觉得南郭先生吹得很糟糕，但为了博取皇帝和各大臣的认可，便模仿南郭的吹法一一吹下去，博得了同样多的掌声。从此宫中单人吹竽确立了“南郭模式”，南郭成了吹竽的权威。

南郭先生占尽风光，决心对皇家乐队进行改革。他将300人的乐队分为3个分队，每个分队设分队长1人，副队长3人；每个分队下设10个小队，每个小队设小队长1人，副队长3人。南郭先生对每个官职标出明码实价出售，分队长，白银1000两，副分队长，白银500两；小队长，白银300两，副小队长，白银100两，并放出风去。不出南郭所料，大家争相购买，几天功夫，南郭先生的仓库中便堆满了白银。为了表示对老乡的感激之情，南郭给老乡送去2000两银子，其中有1000两是南郭先生还老乡的借款，那1000两曾换得皇家乐队队长乌纱帽一顶，如今，这顶乌纱帽赚了大钱；另外1000两是南郭对老乡的回报。此后，南郭先生又马不停蹄地建了三家公司：皇家乐队服务公司，皇家乐队研究中心，皇家乐队艺术传播公司。三个公司的经理分别是南郭的老婆、儿子、女儿，南郭将皇家乐队的巨额资金拨给三个公司无偿使用，并利用手中的权力为其经营打通关节，三个公司很快红火起来，财源滚滚。

南郭先生还组织开展了职称评定工作，皇家乐队成员纷纷给南郭先生送礼。凡送礼者，南郭先生就给评为艺术大师，否则，门都没有。南郭先生还将自己评为特级艺术大师。

南郭先生又组织一些人编写了《皇家乐队大典》并广泛传播。他从此名扬四海，威震九州，南郭成了艺术的代名词。南郭心里暗暗高兴，想：幸亏自己不会吹竽，否则，充其量只是一个普通竽师。

爆笑，看科学家如何打酱油

数学家如何打酱油

搞数论的：我只要空瓶子，酱油和我没关系。而且这瓶子越抽象越好。最好只给我一个数字，连瓶子也不用给我。

搞应用数学的：以一瓶为步长，我可以积分出世界上所有的酱油数量。当然瓶数只能是整数。这是计算中不可避免的量化误差。

但是如果你使用的是 intel 的奔腾 CPU 的话，也许你可以得到 0.99998674 瓶的酱油。

大眼睛语录：世界上的数学家一共有三种。一种是识数的；另一种是不识数的。

识数的数学家：让他打一瓶酱油，结果却拎了一瓶子醋回来，然后还振振有辞地说：“反正数字是对的，至于瓶子里面装的到底是什么我可管不了这么多。”

不识数的数学家：拿了三个瓶子说：“已知一瓶酱油介于半瓶和两瓶酱油之间；所以，只要让半酱油连续地变化到两瓶酱油，就一定能得到一瓶酱油。至于怎么得到，这不关我的事。我只论证了一瓶酱油是切实存在的。”

大眼睛如何打酱油：抱歉，你先告诉我，他认识酱油吗？

物理学家如何打酱油

实验物理学家：关于打酱油的问题，首先必须做一个调研，并查阅一下有关别人是怎么打酱油的。另外我还必须决定是否需要采取别人没有采用过的方法或者对别人的成果进行重复验证。也许,还有别人没有注意到的细节。细节是重要的，或者我应该先做一个小实验来验证打酱油方案的可行性。比如：先花一分钱去买一块糖……

理论物理学家：我要先列一个方程，这个方程基于几个很简单的假设。比如酱油是存在的，同时要完美。看看我能得到些什么？也许会出现无穷大，但相信我，它是可以重整化的。当然为了解决这个问题我需要发展出一种全新的数学来，看看需要些什么参考书？也许，我要先去一趟图书馆！

天体物理学家：这很麻烦！因为，你知道商店在距离我们有几十米的地方。但也不是没有办法。我可以在早上街上人比较少的时间窗口进行观察，可以对它进行色谱学、光谱学上的分析。可以计算它的红移以及它的组成。如果这样还不行的话，我想，我们可以通过观察它旁边的果汁来获得一些关于它的有用的信息……

核子物理学家：亲爱的，看这台机器。它可以为你造出任何一种东西！酱油？当然可以。什么？你要一瓶？让我算算。要造出一瓶酱油来，需要：1000000 度的电能，1000000000 元的经费，还要 1000000000000000000000000000000000000000000000 年的时间……

魔鬼物理学家：亲爱的，看这台机器！到了明天早上，只要它一启动，世界就会毁灭！到了那个时候，亲爱的，我敢保证，你再也不需要什么酱油了！！！

化学家如何打酱油

无机化学家：把这些化学试剂按比例兑在一起，就是酱油了。什么？你说不是？反正它们的化学成分是相同的，在我眼里它们没什么区别。

分析化学家：你怎么可以用玻璃瓶子装酱油？这样会使得酱油里的钠离子浓度上升，然后它就不是酱油了！

有机化学家：这是一个酱油分子。看上去不大象？没关系，那一定是另外100000000种同分异构体中的一个！

高分子化学：把10000000000000000000瓶酱油放在一起，然后期待着它们能够在一定的温度、压力及催化剂的作用下发生聚合反应。

物理化学家：我发现，无论其化学成分如何，只要它的分子构形能够和你舌头上的这样的一个分子相配合，它就具有酱油的味道。不过这样的分子好象只有名字叫做酱油的一种……

环境化学家：连续几年坚持打酱油，最后写出了一篇文章。题目是：近十年来酱油成分的变化与预测。

抽丫的——宣死脱伊

牛B——老乱

傻B——戆乱

卧槽——酿个冬采起来

准女婿——毛脚

一转脸儿——夹手

毯儿哄——捣浆糊

臊眉搭眼——赛故八啦

上赶子——鲜嘎嘎

宰人——斩充头

苦孩子——马大嫂/买汰烧

玻璃——屁精

柳蜜——叉女人

傍大款——叉模子

蜜/飒蜜/大飒蜜/尖儿蜜——小姑娘/老好看个小姑娘/好看了勿得了个小姑娘/害死脱人个小

姑娘你丫——侬擦那

怎么着？——哪能啦？

跟家呆着——窝里相登了该

我特喜欢你，咱一起学习吧——我老欢喜侬个，一道荡马路起筏？

哟，盘够亮的呀——呀，侬勿要太漂亮啊（羡慕状，不管男女）

嘿，条还挺顺——（上下打量一遍）身材啊蛮好

我爱你——阿拉屋里有婚房……（漫不经心状，并同时抬头望天）

嫁我得了，都是熟张儿——我要拿全世界买下来北侬（豪情万丈状，开始搜索钱包）

回头嫁不出去再砸手里，多不值当啊——慢叫万一嫁勿出去多少犯勿着啦（细声细气地商量着）

文学家："足球是当今世界最流行的一部作品，是诗歌、戏剧、小说和散文等各种体裁的综合，拥有数不清的作者和读者。"

医学家："一种新病———足球综合症正席卷着全球，其病原子为一粒足球，患者一经感染便难以摆脱，时常表现为狂悲狂喜烦躁心乱，严重时会诱发心脏病。目前，国际卫生组织尚无法控制该病的进一步蔓延。"

数学家："足球是想竭力向人们证明在 90 分钟之内 11 = 11，其常用法则有 442、433、532、352、4132 等。"

音乐家："足球是一部精妙绝伦的只能用心去体会、感受其欢乐与痛苦的新《命运交响曲》。"

哲学家："足球是建立在人类理念之上的感性显现，是对社会知识和自然知识的独到概括与解释。"

美学家："足球运动是近似残酷的，但谁都无法否定它的美。这种美是瞬间的也是永恒的，是力量与技巧的完美结合，是悲壮与欣慰的写照。"

教育家："青少年一但迷上足球，会不同程度的减少对学习的兴趣。建议四年一度的世界杯以及其他一些重要的足球赛事最好能安排在暑假之中（高考之后）进行，以免影响到正常的教学秩序。"

历史学家："应该说，足球是由中国唐代的蹴鞠演变而来的，是中国古代丰富的文化遗产。”

物理学家：“足球比赛是守门员手上的引力与其他球员头上和脚上斥力大小的较量。”

地理学家：“旋转于地球之内的一种球体，世界杯时，它会将一股强烈的球震波及到地球的各个角落，使得地球围着足球运转。”

心理学家：“足球运动充分展现现代人的个性心理特征，它能激发人们的主观能动性，是意志、情感等的综合体现。”

化学家：“教练＋球员＋记者＋球迷——球星。”

生物学家：“足球形状圆形球体，色黑白相间，常活动于绿色草皮之上，是人类的亲密朋友。”

体育评论家：“在体育大家族中，田径号称各项运动之母，而足球凭借它的号召力、影响力已占据长兄之位。”

企业家：“足球本是致富者的宠物，如今怎么成了吞噬金钱和精力的恶魔。”

经济学家：“你想富有吗？——请踢足球；你想破产吗？——请投资足球。”

中国球迷：“中国足球是酸的枣、涩的柿、苦的梨、辣的椒，至今没品出甜味，也不知它到底是啥滋味。”

前几天，我开着刚买的QQ下乡去玩，我们那边比较贫穷，买车的人少，在农村路上除了农用三轮，小轿车更少。我开着我的红色的新QQ，故意把四个窗子全打下来，一只手夹着烟，缓缓地开过集市，路边的小妹都给我投来赞许羡慕的眼光，我那种感觉真的很爽。但是我还是要掩饰住内心的窃喜，要装作很寂寞很忧郁的样子，嘴里缓缓地吐着烟圈，仿佛在对着外面的卖菜的小妹说：别迷恋哥，哥只是寂寞！

这时，有一个看起来很木的老头，挡住了我的去路，我按了六七次喇叭之后，他仍不让开，我心头火起，打开车门拿出车锁奔他过去，我夹烟的左手指着老头，右手举着车锁（我此时的造型是不是很帅？有点像香港电影里的黑社会老大，我的眼神不但忧郁，而且还很凶！我想，像我这样有勇有谋又帅的，小妹一定喜欢），骂道：滚！别挡着老子车，碰花了老子车你赔得起吗？路边的人都起哄，都在责备老头的不是，老头灰溜溜地跑开了。此时的我像得胜的将军，踱到了车里，对着小镜子整了整发型，同时还拔掉了一根伸出鼻孔的鼻毛，自信而满意地微笑了一下。我相信此时的我春风得意。

又开了几步，我感觉有点渴了，我停下车（当然是停在路中间），下去买瓶水，冰柜里有四五种水，有乐哈哈冰红茶，一统牌绿茶等，这些都是一块钱一瓶，像我这样的有钱人，怎么可能喝山寨呢？我说老板，给我拿你这里最贵的正宗娃哈哈冰红茶，说完将3个钢镚排在冰柜上，老板一听，发现大生意来了，忙跑到里屋，从里面冰箱里拿出了一瓶冰的娃哈哈冰红茶，我拿起来装作撸袖子，举了一下，希望更多的人看到我喝的行货，向他们展示大爷是有钱的主儿，和你们不一样。

喝完水，我满足地进入我的QQ里面，从容地开出集市，快要离开的时候，我轰了几脚发动机，轰得天响，然后一蹿，扬长而去！

1. 种草不让人去躺，不如改种仙人掌！
2. 我心眼儿有些小，但是不缺；我脾气很好，但不是没有！
3. 人和猪的区别就是：猪一直是猪，而人有时却不是人！
4. 原来只要是分开了的人，不论原来多么熟悉，也会慢慢变得疏远。
5. 去比萨店买比萨，服务员问我是要切成8块还是12块，我想了想说：还是8块吧，12块吃不完！
6. 男人忽悠女人，叫调戏；女人忽悠男人，叫勾引；男女相互忽悠，叫爱情。
7. 时间是用来流浪的，身躯是用来相爱的，生命是用来遗忘的，而灵魂，是用来歌唱的。
8. 爱情就像鬼，相信的人多，见到的人少。
9. 碰到一个写手个性签名：也许似乎大概是，然而未必不见得。碰到一个GG个性签名：给我一个姑娘，我可以创造一个民族。
10. 自从我变成了狗屎，就再也没有人踩在我头上了。
11. 我想早恋，但是已经晚了……
12. 提醒大家要学会修自己的笔记本，这是很重要的！从前有个人，他不会修自己的笔记本……后来的事情大家都知道了。
13. 我不是广场上算卦的，唠不出那么多你爱听的嗑。

14. 不是故事的结局不够好，而是我们对故事的要求过多！

15. 鲜花往往不属于赏花的人，而属于牛粪。

16. 谎言与誓言的区别在于：一个是听的人当真了，一个是说的人当真了。

17. 单身并不难，难的是应付那些千方百计想让你结束单身的人。

18. 有时候，不是对方不在乎你，而是你把对方看得太重。

19. 真正的好朋友，并不是在一起就有聊不完的话题，而是在一起，就算不说话，也不会觉得尴尬。

20. 没有 100 分的另一半，只有 50 分的两个人！

21. 0 岁出场亮相，10 岁天天向上。20 岁远大理想，30 岁发奋图强。40 岁基本定向，50 岁处处吃香。60 岁打打麻将，70 岁处处闲逛。80 岁拉拉家常，90 岁挂在墙上！

22. "亲爱的，我……我怀孕了……三个月了，不过你放心，不是你的，不用你负责……"

23. 我们产生一点小分歧：她希望我把粪土变黄金，我希望她视黄金如粪土。

24. 读 10 年语文，不如聊半年 QQ。

25. 早晨赖床，遂从口袋里掏出 6 枚硬币：如果抛出去 6 个都是正面，我就去上课！思忖良久，还是算了，别冒这个险了……

26. 我花 8 万买了个西周陶罐，昨儿到《鉴宝》栏目进行鉴定，专家严肃地说："这哪是西周的？这是上周的！"

27. 我能容忍身材是假的，脸是假的，胸是假的，臀是假的，但就是不能容忍钱是假的！！！

28. 士为知己者装死，女为悦己者整容。

29. 千万别等到人人都说你丑时才发现自己真的丑。

30. 问：你喜欢我哪一点？答：我喜欢你离我远一点！

31. 拍脑袋决策，拍胸脯保证，拍屁股走人。

32. 我们走得太快，灵魂都跟不上了……

33. 我就算是一只癞蛤蟆，我也绝不娶母癞蛤蟆。

34. 刚毕业后会有期；毕业一年后会有妻；后来后悔有妻；再后来会有后妻；最后悔有后妻。

35. 我多想一个不小心就和你白头偕老。

36. 旋转木马是这世上最残酷的游戏，彼此追逐，却永远隔着可悲的距离。

37. 难免埋怨时间的手，把相爱写成相爱过。

38. 等待你的关心，等到我关上了心。

39. 我爱你时，你说什么就是什么。我不爱你时，你说你是什么。

40. 如果你注定不能给予我期待的回应，那么就保持在安全距离之外吧！

41. 诸葛亮出山前也没带过兵啊，你们凭啥要我有工作经验？

42. 幸福是个比较级，要有东西垫底才感觉得到。

43. 人生就像一个茶几，虽然不大，但是充满了杯具（悲剧）……

农民同志说：

俺们刚吃上肉，你们又吃菜了；

俺们刚娶上媳妇，你们又独身了；

俺们刚吃上糖，你们又尿糖了；

俺们刚用上白纸擦屁股，你们又用它擦嘴了；

俺们刚能歇会儿不用擦汗，你们又去健身房、桑拿房流汗了；

俺们刚装上电话，你们又改网上聊天了；

俺们刚能在电影院约会，你们又改网恋了；

俺们刚吃饱穿暖，你们又减肥露脐了；

俺们刚开始用老海苔喂猪，你们又把它当成补品了；

俺们刚被减免了些杂税，你们又在高速公路上收费了；

俺们这旮刚能买到只系吊带美人的照片，你们那不管美的丑的都敢穿内衣上街了；

俺们的媳妇刚敢对俺说声“不”，你们的老婆已让你们给她们洗内裤了；

俺们刚能坐汽车进城，你们就乘飞机出国了；

俺们刚不用爬山寻草药卖了，你们又开始攀岩蹦极了；

俺们刚搬出山沟有地种了，你们又钻进山洼找野趣了；

俺们刚逆流偷渡到国外，你们又顺海回归了；

俺们刚准备去看大佑演唱会，你们又说取消了；

俺们刚看完遗书，你们说他又出自传了；

俺们刚明白他是个愤青，你们又夸他开始经商了；

俺们卖了种子买 CD 净化心灵变忧人，你们又抓俺去泡吧啦。

1. Stop complaining！ 别发牢骚！
2. You make me sick！ 你真让我恶心！
3. What's wrong with you？ 你怎么回事？
4. You shouldn't have done that！ 你真不应该那样做！
5. You're a jerk！ 你是个废物 / 浑球！
6. Don't talk to me like that！ 别那样和我说话！
7. Who do you think you are？ 你以为你是谁？
8. What's your problem？ 你怎么回事啊？
9. I hate you！ 我讨厌你！
10. I don't want to see your face！ 我不愿再见到你！
11. You're crazy！ 你疯了！
12. Are you insane/crazy/out of your mind？ 你疯了吗？（美国人绝对常用）
13. Don't bother me. 别烦我。
14. Knock it off. 少来这一套。
15. Get out of my face！ 从我面前消失！
16. Leave me alone. 走开。
17. Get lost. 滚开！

18. Take a hike！ 哪儿凉快哪儿歇着去吧！
19. You piss me off. 你气死我了。
20. It's none of your business！ 关你屁事！
21. What's the meaning of this？ 这是什么意思?
22. How dare you！ 你敢！
23. Cut it out. 省省吧。
24. You stupid jerk！ 你这蠢猪！
25. You have a lot of nerve. 脸皮真厚。
26. I'm fed up. 我厌倦了。
27. I can't take it anymore. 我受不了了！（李阳老师常用）
28. I've had enough of your garbage. 我听腻了你的废话。
29. Shut up！ 闭嘴！
30. What do you want？ 你想怎么样?
31. Do you know what time it is？ 你知道现在都几点吗?
32. What were you thinking？ 你脑子进水啊?
33. How can you say that？你怎么可以这样说?
34. Who says？ 谁说的?
35. That's what you think！ 那才是你脑子里想的！
36. Don't look at me like that. 别那样看着我。
37. What did you say？ 你说什么?
38. You are out of your mind. 你脑子有毛病！
39. You make me so mad. 你气死我了啦。
40. Drop dead. 去死吧！
41. Fuck off. 滚蛋。
42. Don't give me your shit. 别跟我胡扯。
43. Don't give me your excuses/ No more excuses. 别找借口。
44. You're a pain in the ass. 你这讨厌鬼。
45. You're an asshole. 你这缺德鬼。
46. You bastard！ 你这杂种！

47. Get over yourself. 别自以为是。

48. You're nothing to me. 你对我什么都不是。

49. It's not my fault. 不是我的错。

50. You look guilty. 你看上去心虚。

51. I can't help it. 我没办法。

52. That's your problem. 那是你的问题。

53. I don't want to hear it. 我不想听。

54. Get off my back. 少跟我啰唆。

55. Give me a break. 饶了我吧。

56. Who do you think you're talking to？ 你以为你在跟谁说话?

57. Look at this mess！ 看看这烂摊子!

58. You're so careless. 你真粗心。

59. Why on earth didn't you tell me the truth？ 你到底为什么不跟我说实话?

60. I'm about to explode！ 我肺都快要气炸了!

61. What a stupid idiot！ 真是白痴一个!

62. I'm not going to put up with this！ 我再也受不了啦!

63. I never want to see your face again！ 我再也不要见到你!

64. That's terrible. 真糟糕!

65. Just look at what you've done！ 看看你都做了些什么!

66. I wish I had never met you！ 我真后悔这辈子遇到你!

67. You're a disgrace！ 你真丢人!

68. I'll never forgive you！ 我永远都不会饶恕你!

69. Don't nag me！ 别在我面前唠叨!

70. I'm sick of it. 我都腻了。

71. Stop screwing/ fooling/ messing around！ 别鬼混了!

72. Mind your own business！ 管好你自己的事！

73. You're just a good for nothing bum！ 你真是一个废物！ / 你一无是处！

74. You've gone too far！ 你太过分了！

75. I loathe you！ 我讨厌你！

76. I detest you！ 我恨你！

77. Get the hell out of here！ 滚开！

78. Don't be that way！ 别那样！

79. Can't you do anything right？ 成事不足，败事有余。

80. You're impossible. 你真不可救药。

81. Don't touch me！ 别碰我！

82. Get away from me！ 离我远一点儿！

83. Get out of my life. 我不愿再见到你。/ 从我的生活中消失吧。

84. You're a joke！ 你真是一个小丑！

85. Don't give me your attitude. 别跟我摆架子。

86. You'll be sorry. 你会后悔的。

87. We're through. 我们完了！

88. Look at the mess you've made！ 你搞得一团糟！

89. You've ruined everything. 全都让你搞砸了。

90. I can't believe your never. 你好大的胆子！

91. You're away too far. 你太过分了。

92. I can't take you any more！ 我再也受不了你啦！

93. I'm telling you for the last time！ 我最后再告诉你一次！

94. I could kill you！ 我宰了你！

95. That's the stupidest thing I've ever heard！ 那是我听到的最愚蠢的事！（比尔·盖茨常用）

96. I can't believe a word you say！ 我才不信你呢！

97. You never tell the truth！ 你从来就不说实话！

98. Don't push me！ 别逼我！

99. Enough is enough！ 够了够了！

100. Don't waste my time any more！ 别再浪费我的时间了！

101. Don't make so much noise.I'm working. 别吵，我在干活。

102. It's unfair. 太不公平了。

103. I'm very disappointed. 真让我失望。

104. Don't panic！ 别怕！

105. What do you think you are doing？ 你知道你在做什么吗？

106. Don't you dare come back again！ 你敢再回来！

107. You asked for it. 你自找的。

1. 医生问病人是怎么骨折的，病人说："我觉得鞋里有沙子，就扶着电线杆抖鞋，有个浑蛋经过那里以为我触电了，便抄起木棍给了我两棍子！"

2. 生物课上老师问："如何才能正确分辨章鱼的手和脚？"学生答："放个屁给它闻，会捂住鼻子的就是手，其他的就是脚。"全班皆倒。

3. 鲤鱼和乌龟去领结婚证。办事员问乌龟年龄，乌龟：100。办事员遗憾地说："对不起，按照你们家族规定，你还未成年，不准结婚。"

4. 一对夫妻来到一口许愿井旁，丈夫弯腰许了个愿后往井里扔了一枚硬币。妻子也想许愿，但她弯腰时不小心翻入井里。丈夫惊呆了，然后笑着对自己说："真他妈灵啊！"

5. 一对夫妇在河边钓鱼，夫人总吵个不停，一会儿鱼上钩了，夫人说："这鱼真可怜。"丈夫说："是啊，只要闭嘴不就没事了吗？"

6. 自然课上老师问:“为什么人死后身体是冷的? ”没人回答。老师又问:“没人知道吗? ”这时,教室后面有人说:“那是因为心静自然凉。”

7. 小光是一位勤奋好学的学生,他利用寒假兼职赚取学费。白天帮肉贩割肉,晚上则到医院实习。某晚,有位老妇因急诊要施行手术,由小光推她进手术室。老妇惊慌失色地狂喊:“天啊!你是那个杀猪的,你要把我推到哪啊!”

1. 很久以前，我去买魔兽点卡，结果老板给了我 4 张 15 的网易一卡通，我与老板深入地交涉后，老板坚持这个能充魔兽世界。一直以来，我每次一想到这事，我就鄙视一下老板，现在我知道我错了，我这个平凡的人永远不懂老板那苍老身躯下的那颗先知的心……

2. 上高中时，有一次小 A 喜冲冲地回来了，说他刚在路上看见小 B，牵了个女生，觉得很少见，想捉弄一下，然后小 A 就从后面悄悄跑过去，飞起一脚，踹了小 B 一脚后飞也似的跑回教室。一回来小 A 就给我们讲刚刚踹了小 B 一脚，贼爽，正给我们说呢，结果小 A 同学突然不说话了……因为他发现小 B 正在教室睡觉……当时那个汗呀。小 A 赶紧出去找刚才那人道歉去了……教室爆笑一片。

3. 一次和几个朋友约在我家集合，然后出去玩。就差一个哥们儿，人就全了。无聊，就在电脑上看电影，法国片《你丫闭嘴》，还是东北话版的，很搞笑。
   这哥们儿姗姗来迟，见我们看得很有兴致，问："什么电影啊？"
   我说："《你丫闭嘴》。"
   这哥们儿说："靠，我问你电影什么名字！"
   我说："不是告诉你了吗？《你丫闭嘴》啊！！"

这哥们儿似乎明白了，点头说：“噢！”

……

隔了几天又聚，这哥们儿突然拉住我，问：“你告诉我，上回你们看的电影到底叫什么？”

我……

4. 初中的时候住校，管理比较严格，有同学耐不住寂寞，晚上就偷偷地去网吧玩。因为大门是关闭的，只能跳墙，这位同学就从厕所向外跳，没想到起跳力度小了，直接跳进了粪池里——半夜两点啊，走了 20 里路，回家了。

5. 高中时候，有次全宿舍去喝酒，全都挂了，迷迷糊糊回宿舍后就都睡了。我们宿舍的床是那种上下床铺的，每间宿舍两张床。隔天一早醒过来，我隔壁床的下铺正对着上铺狂骂，一问才知道，昨晚他上铺睡到半夜，想吐，特清醒地下床对着下铺一阵狂吐……吐完还小了个便……又心满意足地回去睡觉了……他下铺早上起来才发现……那个囧啊……

6. 上次去婶婶的饭店吃饭，穿了一件 Adidas，这件衣服是我在上海买的 2009 春季新款，当时我婶婶给我开玩笑，说我这是假的，我郁闷，就说：“谁说的，我这是真的，我在耐克专卖店买的！”说完自己囧了，低头开始吃饭……

7. 小学时，我同桌是一个很恶心的男生，有一次，他在我面前很认真地抠鼻屎，我忍了，可他抠完后还把那只指头放在嘴里舔一舔！更无语的是，他还很天真地问我：“我的手指咋这么咸了？”

8. 刚才看新闻，里面有一则报道说，某日晚上，护城河边有一女子欲寻短见，围观者众。突

然有一男子奋不顾身，跃入两米深的河中救人，众人正为此人义举赞赏不已。岂知，那男子心急火燎地游至女子身边一看："啊，不是我老婆啊！"

9. 现在金融危机太离谱了，刚才面试后，等过会再打电话过去问点事，结果没想到连面试官都给裁掉了！

10. 某次吃面条时，老公忽然说："我妈煮面还放葱……"

前天晚上，我特意买了细葱。

煮了面条，把切得细细碎碎的香葱和小油菜撒在上面，虽然素了点，可好像还挺香的。

老公端起碗吃了一会儿，抬头说："每次我妈在面条里放葱的时候，我都把它挑出来。"

看着碗里细细碎碎的葱末，我……

11. 那天我们班一女同学心情不好，于是就找我出去陪她吃饭。

吃到一半的时候，她点了1瓶啤酒，然后问我："能陪我喝点酒吗？今天心情不是很好！"

我犹豫："哦！那个，我不会喝酒，对不起啊！"

"哦！是吗！我也不太会喝，而且一喝醉就乱亲人，唉！"

说完很挑逗地看了我一眼。

我沉默了一会儿，然后转头对服务员说："服务员，再来4瓶啤酒……"

12. 听来的故事：以前想学《成长的烦恼》里的迈克作弊，把考试内容写在鞋底上，为

此特意买了双平底鞋，万事俱备，没想到那天下雨……

13. 高价从黄牛那里买了 110 米栏决赛的票，为了看比赛和老板闹翻，索性辞了工作，平生第一次坐飞机，从上海到北京。然而刘翔没跑……

14. 有一次下课打铃，大家都要回家，下楼梯时我左脚踩到自己右脚，“啪”地以“大”字形的姿势摔在了路中央……我当时就想：不对，糗大了，我装晕。结果，我旁边的同学看我一动不动，赶紧扶起我，然后左右开打，狂扇我耳光……

15. 一个同学，他的电脑每天早上会自动开机（估计是因为宿舍里早上来电的时候一瞬间冲开的）。
结果他老人家拿了一个符贴在了电脑上……

16. 初中上语文课，学习的是《最后一课》，我老师先给大家朗读课文，读到最后一段老师说：“下课了，你们走吧……”我同学当时正在睡觉，听到这句，提着书包就冲出教室，全班哗然……

17. 昨天公司加班，加到凌晨 4 点，就在办公室的沙发上睡下了，早上起来想给女友发信息说下：昨天公司加班到凌晨 4 点，只睡了 3 个小时，累死了。结果，短信中写了：昨天公司加班到凌晨 4 点，只睡了三个小姐，累死了。短信发送 ing 泪奔！！

18. 上语文课的时候，课文是说环境的危害的，说到什么什么泄漏了，污染严重什么什么……说到动情之处，40 岁的语文大妈愤怒地拍台大声说道：“你们人类啊！就不知道保护环境！！”全班石化。

19. 一日，同学去中关村转悠，一小贩凑过去问：“要硬盘不？便宜！”
同学拿过来看看，说：“有多硬？”

20. 一哥们儿，发现蚊帐里竟然飞进一只苍蝇，跟我们说："我非弄死它！"

我们说："你是搞不过它的！"

"你们看吧！"

这人抄起一本小说钻进蚊帐，封口。边看小说边不停地挥动扇子，就是不让苍蝇落地，结果两个小时后，苍蝇终于飞不动了。

他凑过去捅了捅苍蝇说："飞呀，小样，爷书还没看完呢！"

21. 话说有一天，我朋友和A君去吃自助餐，等吃得差不多了，餐馆老板出现在A君面前，递给A君一张VIP金卡，然后说道："这是隔壁饭店的VIP卡，以后请你去隔壁用餐吧。"

22. 有一次我们学校考试，一个男生坐在最后一排，接到了一个同学递来的答案，兴奋至极，马上展开，刚要大抄特抄，一抬头，看见监考老师笑眯眯地向他走来，显然已经看见了。这位仁兄后来的行为成为我们全年级的经典：他非常坦然地直起腰，直视老师，然后，把答案纸放在鼻子上用力一擤，之后，潇洒地扔出一个抛物线——掷入门后的垃圾筐。老师瞪了他若干眼，也终于没有勇气把罪证捡起来。

23. 昨天女友来家吃饭，席间我妈叫她吃这个吃那个，可我女友一筷也没动，我想可能饭菜不合胃口。后来才发现我妈叫的是我以前女友的名字，结果我被K。

24. 某日发现手机不见了，翻遍包包以及屋中各个角落，未果。遂郁闷跌坐地上，从口袋掏出手机，给大家群发短信：我手机丢了……

25. 记得还是小学五年级时，班主任问一组第一位同学："你是什么民族？"同学说："彝族。"然后问第二位同学："你呢？"答："二族。"

26. 上初中的时候，班主任是个老头，和我们关系特别好，他平时就好抽烟，学校是禁烟的，就总看他在学校门口抽。

有次上语文课，正在学一首诗，有句话是这样的："你托起手中的宝塔山！"老班头声情并茂地为我们朗诵，读到这句的时候变成这样——"你托起手中的红塔山！"

一片安静后……

底下有同学问："老师，您烟瘾犯了吧？"

77. 我们的 boss 是个中文很好的美国人。那天他好像忘了什么东西，忽然一拍大腿说：哎呀，我日，完了……

中文学得果然好！连感叹语都用得这么熟练了……

78. 我在加拿大读书，而且住在别人家（新加坡人会说英语和国语）。有一天，男主人接到一个疑似骚扰电话，对方是讲国语的。对方："先生，你好吗？"男主人："我不会讲中文。"

79. 有一次洗自行车，我不小心泼了一大妈一身水。之后，有以下对话。

大妈："干啥呢这是！泼我一身。"

我："对不起！我没看到。"

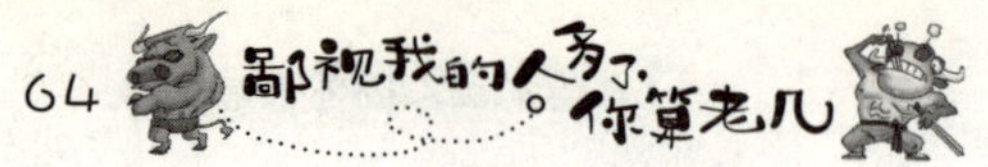

大妈："这么个大活人没看见？"

我："看到了！"

大妈："看到了还泼？"

我：……

70. 昨天陪老婆逛街，从身边走过去一个美女。

老婆："老公，那 MM 不错哦，她穿的衣服也不错哦。"

我："我去把她衣服扒了，衣服归你，人归我。"

MM 好像听到了，回头看了我们两口子十几秒……

71. 陪团翻译和导游 MM 在酒店大厅坐着等卡，不远处坐着一对老外。

MM："是美国鬼子还是英国鬼子？"

我："听口音都不像。"

MM："估计是德国或是法国鬼子吧！"

我："反正不是意大利鬼子，他们是黑发卷毛。"

这个时候，他们起身估计准备回房，路过我们的时候，那男的对俺一笑，电得那个俺七荤八素的，然后说了一句话："我们是芬兰鬼子，你看我是金发卷毛。"俺那个黑线啊，刷刷的。

72. 大学时候一哥们儿失恋，我们陪他出去喝酒，喝完了大家准备走，那家伙当然喝醉了已经，还哭了一脸的眼泪，我们就想自己埋单不让他埋了，钱都掏出来了，那哥们儿看见了，一声怒吼说："我来埋，你们都是我兄弟，今天我高兴（他高兴？），你们都别跟我抢！"说完从上衣内口袋里掏出一摞就开始数："一张、两张、三张……"振振有词地，可我们仔细一看，他掏出来的是一包心相印牌餐巾纸。

73. 当兵那会儿，有个战友是农村的，部队刚发了津贴，因为他没吃过 KFC，他就请了几个关系很好的战友一起吃，当轮到他点餐的时候，他说："小姐，给我来只肯德基……"

74. 昨晚加班到晚上 10 点多，还没有下班。

于是就给老婆发了条短信："亲爱的，我还没有下班，你睡觉了吗？"

短信发出去后不久，收到回信，是经理回的："你小子还没有下班啊，下次别叫我亲爱的，被我老婆看到就麻烦了，我的性取向很正常！"

我当即晕了，之前那条消息居然错发给我们经理了，真是丢人得不行，赶紧再发了条短信给经理，说是发错了短信，说我性取向也正常，没有打算要跟他成为同志。

晚上回到家跟老婆说了这事，把她笑翻了。

真是丢脸啊，今天上班看到我们经理，都还是觉得很丢脸。

看来昨天加班太晚没有睡好，刚才居然又发错消息了，这次是在 MSN 上。

我正跟同事在 MSN 上聊昨晚发错手机消息的事。聊到一半的时候，接了个电话，就顺手把和同事的聊天窗口关了。接完电话后，点开同事的名字，继续聊，没想到是点开了经理的 MSN：

我：刚才说到哪儿了？

经理：What？

我：昨晚发错消息的事。

经理：没关系。

（我还在想，什么没关系，真是答非所问嘛）

我：是没关系，不过很丢脸的，继续讲给你听吧。后来那 SB 回我消息说，他的性取向很正常，靠，肯定是把我当成同志了，真是 SB。

……

（经理沉默了半天，估计是看到消息已经郁闷得不行了）

经理：看清楚点，我就是那 SB！

这下轮到我崩溃了……现在都还没敢再跟经理打招呼……

估计经理也崩溃了……

这下真是彻底崩溃啊……一天之内连续两次……

真是晕，我经理在 MSN 上叫 Terry，那个跟我聊天的同事叫 Terey……

75. 小时候刚学骑自行车，还不太会就跑到大街上，看到前面一个老大爷在走，自己感觉要撞上，就大叫：“不要动，不要动。”那个老大爷一下站在那里没有动，结果我拐来拐去，还是撞上了。老大爷站起来说：“你瞄准呢？”

76. 在物理课上，一同学被要求回答为什么用脚能把火踩灭。他回答道：“因为脚气不支持燃烧！”

77. 本来想问经理需不需要打工的，又想说成“需不需要人手”会比较含蓄一点，结果说成：“经理，你们这儿需不需要打手？”

78. 在我上中学的时候，一日，适逢我最讨厌的物理课。

本人正当无聊，发现一件非常有趣的事，遂小声告诉同桌。

不料，一根粉笔头击中我的脑门。

“站起来！把你刚才跟她说的话说十遍！”

面对老师愤怒的脸，我小声嘟囔：“……”

“大声点！让全班都听到！”

遂狠下决心：“老师的拉链没拉！老师的拉链没拉！老师的拉链没拉！老师的拉链……”

39. 去年过年，跟着女朋友回她家，跟她爸喝多了，临走时说了句："等你女儿嫁给我了，咱哥俩有的是机会喝！"当时，未来岳母就站在旁边。

40. 早自习的时候，我偷偷吃桂圆八宝粥，结果不小心打翻，洒得一裤子都是，不由叫了一声，老师听到声音向我走来，我只有假装呕吐了……

41. 有次大热天的打麻将，突然停电了，只好买了蜡烛继续战斗。过了半小时，实在热得受不了了，一人说："还是开电风扇吧，热死了。"

另一人接口："不能开，开了会把蜡烛吹灭的。"

42. 记得有一年过年，在姥姥家。下午的时候我爸过去了，几个表妹一起喊："二姨父好！"我脑子也不知想什么呢，跟着喊了一声："二姨父好！"

43. 过年，从亲戚家吃完饭，和表哥一起走回家。

路上，开过一辆摩托车，上面还有两个美女，开得不是很快。

由于那两个女的长得不错，我就一直盯着她们看。

没想到，车上的美女居然朝我挥挥手，打了个招呼。

碰到这种情况哥们儿我哪有不回应之理，于是我也朝她们挥了挥手。

我哥转过头来，很纳闷地对我说："我同学，你挥什么手啊？"

晕死！

44. 我爷爷让我帮他删除一个手机业务，我就打10086到人工服务台，我说："可不可以帮我把××业务给退了？"服务小姐客气地说："对不起我不能退。"我说："咋了，不能退。"服务小姐说："这是联通的手机号，我们是移动服务台……"

我一直用移动的号……

45. 高中时候，班里一哥们儿，1981年生，不大，就是特老相……

以下是他坐公交时发生的一点事情：

高二时候，这哥们儿坐公交去学校，因为路途长，百无聊赖的时候，邻座的一个35岁左右的男人跟他搭话，那人张嘴就来句："大哥，去哪里？"

这哥们儿也许是平时遭遇这样的待遇多了，也并不万分惊奇，颇平静地回答："三中。"

那男人第二句话："噢，去看孩子吧？孩子上学挺苦的……"

那哥们儿脸部抽搐了一下，没吭声。

第三句话："大哥，你孩子上几年级了？"那哥们儿是真烦了，也不解释，顺口来了句："高一。"

这个时候，经典出现了。那男人异常惊奇地瞪大眼睛看着那哥们儿，看了足足十秒钟，来了句："大哥，那您结婚可是挺晚的啊！"

46. 和众人喝酒，举起酒杯大声道："让我们同归于尽吧！"当时脑子太热了。

47. 一次在食堂边吃饭边聊，突然发现自己把一块饭掉在了外面，暗自觉得浪费粮食，对不起农民伯伯，就捡起来吃了。可是后来发现那饭，好像不是我的……

48. 一天晚上和几个朋友喝酒，几个人都喝多了。一个倒在路边睡着了，我们也抬不动他，就商量给他找些东西盖上，别着凉了。几天后见到他，他说第二天醒来发现身上放着三辆自行车……

49. 大二去切阑尾，可能是麻药没够，手术中的时候我醒了一下，听到有医生在说："昨天晚上手气太差，整晚上输了3K多。"然后有个女医生说："我昨天看到你那牌就急得很……"然后我就又没了知觉。

50. 过年的时候人家送了四盒那个铁盒包装很漂亮的德芙巧克力，我就拿了个吃完的空盒子装东西，还剩下仨。

今天中午正在外面干活，表姐一个电话打来，说她boss过生日要从我这拿盒巧克力走。

我说在我房里，你自己找。

相安无事地过了几个小时，又接到表姐电话，吼道："你搞什么东西啊！……"（此处省略300字典型汉骂）

俺一片茫然，然后就问了一句："你拿的什么东西啊？"

表姐说："你衣柜里的啊！"

俺刹那间就崩溃了，那个盒子啊，里面塞的都是臭袜子，而且已经累积了两个星期的，囧……

51. 大家去过麦当劳或者肯德基的都知道，你点完餐之后，营业员会大声地把你点的餐报一遍。

上次在麦当劳排队，排我前头一个MM对营业员说："我要一份鸡块。"

结果营业员很大声地回答道：

"您要一块鸡粪是吗？这里吃还是打包？"

52. 老爸喝多了，打电话让我去接他。然后接了他走一路非要和我聊天，然后他说起我为什么不让他动我电脑，然后他说了非常让我囧的话：

别以为你老爸不知道，这么大人了看看黄色片又没什么，你老爸也是男人，我们都是男人！有什么好看的片子怎么不让你爸看看呢？以后有什么好看的片子也让你爸看看呀……

汗……

53. 我和一同学一起吃饭，我点了个肉末粉条，吃到一半的时候，我夹了一根粉条，很长，我坐在位置上，手举到了最高还是没完，我就举着站了起来，还是没完，接着我就站到食堂的凳子上，终于完了，我这时高兴地对同学说："我靠，这粉条好长啊！"同学低头在笑，也不回答我，我再四周一看，我的天，整个食堂的人都在看着我。

54. 一个哥们儿结婚，给他红包。哥们儿客气地说："不用。"

我说："那哪行，一年就一次，一定得拿着。"他媳妇在一旁……

55. 公司楼下的超市里有个吃的，叫"拌豆腐"——豆腐现做现切成块拌在一起，很好吃！中午让男同事帮忙带了一份拌豆腐上来大家一起吃。

会议室里吃饭，我们都互相让同事尝尝自己买的食物。我对给我买拌豆腐的男生说："来，吃我的豆腐……""吧"字还没说出口，我就崩溃了……那男生愣愣地看着我……

56. 学校组织体检，要查大便，提前发了个便盒给学生。有学生问："老师，我便秘，拉不出来怎么办？"老师说："拿根棒子去弄弄。"还有一个老师更绝，说："你准备好了，哪天有就哪天接下来，然后搁冰箱里放着，体检那天再带去……"

57. 物理课上老师讲到放射性元素，说："放射性元素很危险，你们人类一定要远离它！！"

58. 刚交房的时候，来往的人多，每次保安会盘问。

我本来想说"我是业主"的，结果经常说成"我是楼主……"

59. 听说我们学校有人某天无聊，便猜拳，谁输谁挤一个屁。结果那个输的人把屎挤出来了……

60. 高二第二学期，有点炎热的中午，午饭吃得有点噎着，来到厕所，所有的卫生间都有人在用，找个水池，呜哇地吐着，正好打扫厕所的阿姨进来，关心地扶着我的背："没事的，吐出来就好了，我生孩子那会儿也这样。"看我稍好一点，好心的阿姨

还想带我去医务室，被我拒绝，下周的星期一，医务室的老师给全校女生讲解：“怎样避免意外怀孕？”

61. 本人的名字十分十分得男性化。
某日，接到一电话：“喂，请问是某某先生吗？”
“嗯？不是先生，是小姐。”
自己直接晕菜。

62. 我老公叫张超。一日他给我打电话：“喂，媳妇，我是张超……”
我当场无语……

63. 有个朋友性格非常迷糊，毕业以后做行政助理的工作。月底，公司的人把发票都交给她去财务报销，这位姑奶奶一手持票，一手持剪，“咔嚓”一剪子下去，众人皆惊：“你这是干吗？”“这票不齐啊，剪齐了好看！”结果全部作废，众人无语……

64. 初中时候，与一老兄争论一道题目，相持很久，大家各不相让。
本来想坚持自己的观点，反驳他的，不料情急之下，俺竟忘了怎么说话，一个劲地对他吹口哨，弄得那老兄莫名其妙：“你干吗呀？！”

65. 高中时代的一个暑假，我一个哥们儿接到她女朋友的电话，说爸妈都上班去了，让他赶快过去。哥们儿喜不自禁，到了女友家，两人刚躺在爸妈床上欲缠绵悱恻一下，结果女友的妈妈临时回家，女友急中生智，把哥们儿藏在爸妈的衣柜中，装若无其事状。没想到妈妈办完事回房间关门换衣服，脱得一丝不挂后，打开了衣柜取衣服……啊……一声尖叫，哥们儿还很有礼貌地鞠躬：“阿姨好！……”
事后，我们很负责地指责哥们儿太没道义，这种事情都干得出！沉默了一阵，有一哥们儿问：“她妈妈……身材好吗？”
全体晕倒！

66. 上初中三年级时，一次，全班都在很安静地自习，我坐第一排，班主任坐我后面，当然我很清楚这些。

一同学迟到很久，在门口喊："报告！"我突然很清脆大声地用普通话说道："进来。"全班，包括老师，哄堂大笑。

事实是，在他喊"报告"那刻，我真以为自己是个老师了！

67. 下午地震时，睡在宿舍床上午睡，我们这边有些余震，床就摇啊摇的，有个猛人，大叫一句：别他妈SY得这么大响动！

汗！！

68. 上小学的时候，几乎每天老师都会布置造句的作业。

有一个题是：用"建起"造句。我有个嗜好，就是边看电视边做作业，当时电视里演的是我很喜欢看的电影《阿拉丁神灯》。第二天，我被老师狠狠K了一顿，因为我的作业上写着："我家附近建起了一座座阿拉丁神灯。"

69. 我有个朋友特别愿意玩诺基亚N95手机里面的雷电游戏，几乎时刻都玩，就连去厕所也带着玩。有次去他家，进门发现他没在，就问他老婆他去哪里了，他老婆顺口就说："他在厕所里打飞机呢，哈哈！"

70. 话说大学时候，室友带女朋友来宿舍玩。玩了一会儿无聊了，看我在听CD，就问我的CD能不能看VCD的影碟。我说可以，于是他们就出去租碟子，回来以后用我的CD连上电视看影片。结果电视上有了图像却没有声音，于是室友就在那里摆弄，我下铺的兄弟看到了，大喊一句："笨蛋！你插错音道了！"（正解是声道＝＝）当时我就在上铺偷笑了……结果他们都没反应过来（可能是我思想有点不纯洁吧），继续在那里摆弄，还问：

“应该是哪个音道？你来插给我看看。”我当时都忍不住笑了，可他女朋友就在那里，我忍得好辛苦啊……

71. 有一次跟一哥们儿去医院，那丫估计是打游戏打晕菜了，对着护士喊：“嘿，网管，那个内科怎么走？”当时附近的人全部笑翻。

72. 在飞机上上班的乘务员，每次飞航班都会发一个水果，有一次，每人发了一根香蕉，有一个男乘没有来得及吃就先放着。起飞后开始送饮料，照惯例男乘开始逐个问需要什么饮料，有一 MM 突发奇想，问：“有没有香蕉汁？”

男乘说：“没有！”

他想了一下又低下头对 MM 说“香蕉汁我们没有的，香蕉，我个人倒是有一根，等一下你到服务舱来，我可以给你的，但是请不要告诉别人。”

该 MM 愣了一秒后，脸通红，全程再也没有理过那个男乘。

男乘自己还没有反应过来，回了服务舱还很委屈地说给同事们听，众人笑翻。

73. 昨天回家在车上无聊，给朋友发短信：刚刚逛了下本地的 p 客市场，妈的街边发廊的小妹 100 块，质量很一般，而收保护费的黑社会大哥就在对街斜角看着，真是又贵又黑！妈的没玩！

短信发出去之后有信息报告：短信已发至——老爸。

妈的昨晚没敢吃饭！

74. 那天女朋友到我家，临走的时候，我拿了两瓶营养快线想让她明天早晨上班喝。可她说：“不要了，我家冰箱还有好几瓶呢，前一段我还拿给你喝了呢！”我忽然有种感动的感觉，含情脉脉地看着她的眼睛：“你看，你有营养快线拿给我，我的总想给你留着当早餐，这说明什么？”（我是想说，你看我们有多么的相爱！）”可是女朋友来了句：“说明什么？说明我们都不喜欢喝营养快线！”

75. 小时候，有一天，无聊。就去偷了一瓶汽油，倒到一个很脏的公厕里（那公厕不冲水）。结果，刚倒完，一个男的，很牛逼地抽着烟走了进去。不一会儿，我就看到厕所火光四起，那男的提个裤子，冲了出来……

76. 我让上海一个朋友帮我买书。

我说:“我要几米的画。”

他说:“啊？几米啊？”

我说:“是啊，我要几米的画，你帮我看看吧！”

他说:“好啊，你要几米？”

我傻掉嘞……

晚上他打电话问我:“你买画都是用‘米’来计算的？！”

第 1 部：七尺男惨遭毒手变侏儒，痴情女真情不变仍同居——名侦探柯南

第 2 部：无耻幼童整日胡言乱语，终日 WX 年长女性为乐——蜡笔小新

第 3 部：销魂！白衣女子玩弄五男生一生——圣斗士星矢

第 4 部：孩子脑积水，父亲脑萎缩。残障父子快乐生活——大头儿子小头爸爸

第 5 部：自强不息！无指少年科技创新搞发明——机器猫

第 6 部：亲生父母竟成禽兽，未成年少女被迫卖身洗浴中心——千与千寻

第 7 部：性情各异，众不明生物丛林深处智斗变态老男——蓝精灵

第 8 部：耸人听闻！近视少女人头分离——怪博士与机器娃娃

第 9 部：身残志坚，靠植入钢板的手臂飞出一片天——铁臂阿童木

第 10 部：两少年人穷志不短，仅着内裤环游世界——海尔兄弟

第 11 部：反复变性为哪般？花季少男的心酸情史——乱码 1/2

第 12 部：顽皮小孩虐杀珍奇动物遭报复命丧黄泉——哪吒闹海

第 13 部：惊！恶母杀女未遂。奇！尸变终成眷侣——白雪公主

第 14 部：每集女主角都被抓走，每集男主角都被射出去——恐龙特急克塞号

第 15 部：震惊！拆迁办频繁光顾东京——奥特曼

第 16 部：剑指青天啊，未成年清纯女中学生上演人狗情未了——犬夜叉

第 17 部：狂躁型精神病和健忘症小时候的故事——没头脑和不高兴

第 18 部：男人误食劣质罐头，吃了以后暴力无比——大力水手

第 19 部：八名袒胸露乳的男子欺负一个穿着暴露的女人蛇——葫芦娃

第 20 部：4 个禽兽为了保护一个女人，和邪恶势力斗争到底——忍者神龟

1. 对不起是一种真诚，没关系是一种风度。如果你付出了真诚，却得不到风度，那只能说明对方的无知与粗俗！

2. 如果你知道去哪,全世界都会为你让路。

3. 我喜欢你，很久了;等你，也很久了。现在，我要离开，比很久很久还要久……

4. 一个人只有一个心脏，却有两个心房。一个住着快乐，一个住着悲伤。不要笑得太大声，不然会吵醒旁边的悲伤。

5. 世界上最远的距离，不是树与树的距离，而是同根生长的树枝，却无法在风中相依。

6. 苹果最光辉的一刻就是砸在牛顿头上！

7. 爱情使人忘记时间，时间也使人忘记爱情。

8. 分手就是不爱了,那些冠冕堂皇的理由,不是想让对方好过,而是想让自己好过点！

9. 生活累，一小半源于生存，一小半源于攀比。

10. 不要让太多昨天占据你的今天！

11. 如果说美貌是推荐信，那么善良就是信用卡！

12. 不吃饭的女人，这世上也许还有好几个，不吃醋的女人，却连一个也没有。

13. 失去的东西，其实从来未曾真正地属于你，也不必惋惜。

14. 无论多豪华的婚礼都不代表幸福婚姻，两个人终生相处和睦与否和宴开几席、

多少首饰全无关联。

15. 如花美眷，也敌不过似水流年。
16. 广告就是告诉别人，钱还可以这么花。
17. 小三，除法中的余数而已。
18. 人生的大部分时间里，承诺的同义词是束缚，奈何我们向往束缚。
19. 力的作用是相互的，除了爱情的力量。
20. 许多人在重组自己的偏见时，还以为自己是在思考。
21. 生活中有太多无可奈何的选择。社会就像江湖，总是让人身不由己，言不由衷。
22. 我们都是远视眼，模糊了离我们最近的幸福。
23. 原来那么爱我的你和那么爱你的我都停滞在曾经的时候，爱情就结束了。
24. 你若先走了，转身时就不要怪我也在背对着你。
25. 只要你的脚还在地面上，就别把自己看得太轻；只要你还生活在地球上，就别把自己看得太大。
26. 如果你要考验我的耐心，请先把你的耐心准备好。
27. 每个人都是单数，来时是，去时也是！
28. 在我们的爱情里，我一直扮演爱你的角色，分手时别问我为什么分手，问问你自己。
29. 人生，下课啦，放学啦，放假啦，毕业啦，混够啦，老啦，后悔啦，死啦……
30. 不能在一起就不能在一起吧，其实一辈子也没那么长……
31. 古时候就有外星人的记载，因为丈二和尚摸不着头脑。
32. 一个人身边的位置只有那么多，你能给的也只有那么多，在这个狭小的圈子里，有些人要进来，就有一些人不得不离开。
33. 很多人，因为寂寞而错爱了一人，但更多的人，因为错爱一人，而寂寞一生。
34. 你可知上天是不公平的？你可以选择爱我，或者不爱我，而我却只能选择爱你，或者更爱你。
35. 人人都觉得永远会很远，其实它可能短暂得你都看不见。
36. 妈妈说人最好不要错过两样东西，最后一班回家的车和一个深爱你的人。
37. 时间仍在，是我们在飞逝。
38. 我爱你时，你才那么闪耀；我不爱你时，你什么都不是。

唐僧的紧箍咒内容到底是什么

A：哥吃的不是斋，是寂寞。

B：咔莫几咔莫几咔莫几。

C：紧紧紧紧紧紧紧紧紧紧紧紧紧紧。

D：我叫你得瑟，我叫你得瑟！

E：他就是不停地磨牙。

F：悟空，你又乱丢垃圾了！

G：你妈贵姓？你妈贵姓？你妈贵姓？

H：你快头痛，你快头痛，你快头痛！

I：红 PI 股红 PI 股红 PI 股红 PI 股。

J：这个月不发工资，这个月不发工资。

K：孙猴精，没爹没妈！孙猴精，没爹没妈！孙猴精，没爹没妈！

L：貌似高频噪声污染能导致头痛。

M：顶你个肺，顶你个肺，顶你个肺！

N：叫你看帖不回帖，叫你看帖不回帖。

1. 一天，在给一男客户办理完取款业务后，我交代说："请您把卡收好。"再看，发现客户手包拉链没拉好，又交代说："请您把拉链拉好。"客户立即低头查看，周围同事笑成一片。

2. 一次一个客户不会用取款机，咨询员教他使用，咨询员把卡放到取款机里后，对客户说："您在这儿输密码……"哪知客户低下头，对着电脑屏幕轻声说了他的6位取款密码。客户把"输密码"听成了"说密码"……

3. 一哥们儿，做会计业务总是不平账，耽误同事下班时间。一日，同事基本搞定，但其美元还未平，这哥们儿不慌不忙大唱："哪里有不平哪有我，哪里有不平哪有我……"

4. 有一次，刚刚接完小女儿的电话，电话又响。前面都正常，不知怎么，我突然说："你要乖一点哦！"电话那边沉默……

5. 刚开始免填凭条时，一客户来办理存款业务，当业务办完后，我用双手把凭条递出，恭恭敬敬地说："请在下面的横杠上写下您的取款密码（应该是名字）。"

客户马上一脸警惕。

6. 一日，时逢中午饭点，一同事惦记着中午只有米饭，但想吃面条。客户来办理取款业务，临走时，该同事十分体贴地说："请拿好您的面条（应该是：请拿好您的现金），欢迎下次再来。"

7. "请您到填单台填写一下 ×× 单" 被讲成 "请您到天文台填写一下"、"请您到吧台填写一下"。

8. 做久了储蓄，突然出来做大堂经理，在网上银行替客户购买基金时，指着小键盘，想让客户输入密码，却冒出一句："请在这里签名。"

9. 一客户在取款机取款，操作不当被吞卡了。客户异常着急，立即到窗口满脸通红地问："同志，我的卡把机器吞了！怎么办？" 窗口的哥们儿听后，不仅没笑，反而异常镇静地对客户说："我说怎么今天早上清机的时候发现少了一台机器呢，原来是被你的卡吞了！" 全体同事爆笑，客户也笑得前仰后合。

10. 有一次，一个客户输密码输了 N 遍，最后终于对了，我同事是位大姐，就对客户说："密码可不能忘，忘了就麻烦了，今天晚上回家别看电视，把它背熟了。"

11. 有一次，我接手机，是我哥打来的，习惯性地说了句："您好，× 行。"哥先是一愣，然后回答道："你好，我是 × 行他哥。"

12. 原来在前台办业务时，请客户在金额边上补上 "小写"；将单子收回时，发现客户并没有写上小写金额，刚想追问，发现她在签名处补加上了 "小姐" 两字，变成 "苏 ×× 小姐"。

13. 我行传播很广的一个笑话。经办员："您好，请问您办什么业务？" 客户："哦，我存一个死期（整存整取）！" 经办员："那请问您死多久？" 客户："嗯，死

一年！”

14. 我行ATM机在客户输入支取金额前，屏幕会有一段提示，大意是：本机可为您提供100元和50元票面值人民币现钞，请您输入金额后按确认即可。有天来一客户，在柜台要求用卡取现2000元，柜员提示说，也可到门外窗口的ATM机取，客户坚决摇头：“不行！你们的机子太落后，每次只能取100元，我上次取1500元，取了15次……”

15. 有一次俺坐柜，免填单，一位MM取现金100元，凭条打好后我让她签名，拿进后一看，签名居然是“一佰元”！

一篇吓倒老师的小学生作文

我的家中有十位成员，大家都很亲切。我有一个慈祥和蔼的妈妈，一个健康开朗的爸爸，一个诚恳老实的爸爸，一个念高中的哥哥，一个被退学的二哥，还有一个正在考虑休学还是堕胎的大姐，一个还不知道性别的外甥。其实还有奶奶，但是奶奶在跑路，爷爷在坐牢，都不在。

我想奶奶比较长寿，因为老年人总是要多多运动比较好，不要一直坐着。爷爷，你说是吗?

妈妈平常喜欢讲电话，因为她在家上班，可以经营色情电话专线。

爸爸甲喜欢假日养花种草，但是最近收成的作物都被警方查获销毁了。喜欢种种罂粟花、大麻，难道有错吗？这阵子他都不太开心，爸爸乙就会安慰爸爸甲："时机不好，不如来公司上班。"

爸爸乙喜欢替大家煮夜宵，他每天很晚才去上班，就是去做午夜牛郎。

大哥常常玩电脑，替收保护费的班级名单建档管理，在南区他是第一个，我以大哥为荣。二哥想去爸爸乙的公司上班，爸爸乙觉得等他大一点再来。大姐的兴趣是收集火柴盒，到目前收集了九百九十多个，她说她的目标是有一天要把这个家烧掉。

我最敬佩警察伯伯，每天都埋伏在我家附近，让我们感到安全，况且每天来我家问我:“爸爸回来了没有？”警察伯伯太让我感动，主动关心我家中成员，所谓警民一条心，所以我们要尊敬警察伯伯。

我的家庭气氛很和谐，打扫得也干净，找不到一颗弹壳。爸爸特别交代我，他的手枪、冲锋枪、手榴弹，每次用完后，必须如何保养，让我从中体会，东西用完，一定要好好爱惜保养，否则真正用时会后悔不及。爸爸告诉我很多做人做事的道理，有这么美满的家庭，我要努力用功读书，才不辜负家人对我的爱护。

“孩子，南区的地盘将来统统是你的！”来自家庭的鼓励，永远温暖我的心。

一天，老师走进课堂，学生们一齐起立喊：“老师早上好！”

老师愤愤地说：“只叫早上好？那我下午呢？难道就不好了吗？”

于是学生们又一齐喊：“老师下午好！”

老师又愤愤地说：“那我晚上呢？”

学生们又一齐喊：“老师晚上也好！”

老师点点头说道：“这样才行，现在重新喊一遍！”

学生们一齐喊：“老师早上好，下午好，晚上也好！”

老师说道：“坐下！今天我们要复习反义词，我们这样练习，我说一句，你们大声说出反义词。现在开始。”

老师：“今天天气很好。”

学生：“今天天气很坏。”

老师：“到处阳光明媚。”

学生："到处阴云密布。"

老师："马路上人山人海。"

学生："马路上空无一人。"

老师："年轻。"

学生："年老。"

老师："站立。"

学生："躺倒。"

老师："有个年轻人站立在路上。"

学生："有个年老人躺倒在路上。"

老师："我捡到一元钱。"

学生："我丢了一元钱。"

老师："我捡到一元钱，交给老师。"

学生："我丢了一元钱，去偷老师。"

老师："错误，不能这样说！"

学生："正确，应该这样说！"

老师："错误。"

学生："正确。"

老师："这不行，这是违法行为！"

学生："这可以，这是合法行为！"

老师："我说错误。"

学生："我们说正确。"

老师："听老师的，老师说的才是正确！"

学生："听我们的，老师说的都是错误！"

老师："你们愚蠢。"

学生："我们聪明。"

老师："停止！"

学生："继续！"

老师："你们现在停止！别说了！"

学生："我们现在继续！还要说！"

老师："你们这些蠢猪，我说停止！"

学生："我们都是天才，我们说继续！"

老师："你们听老师的！"

学生："老师听我们的！"

老师："学生都得听老师的！"

学生："老师都得听学生的！"

老师："现在你们停止练习！"

学生："现在我们继续练习！"

老师："你们没完没了了吗？"

学生："我们有始有终的呀！"

老师："那你们就停止！蠢猪！"

学生："那我们该继续！天才！"

……之后老师就躺在地上，吐血啦！！

1. 找一个朋友，让他先说 3 遍“老鼠”，然后再说 3 遍“鼠老”，待他说完“老鼠，老鼠，老鼠，鼠老，鼠老，鼠老”之后，立即问他“猫最怕什么”，几乎可以保证他会答“鼠老”，本人试过多次，屡试不爽。

2. 随便找 3 个东西，比如 3 个杯子吧，你敲第一个时让你的朋友说“忘”，敲第二个说“情”，第三个说“水”，美其名曰：测试你朋友的反应速度。几次之后，不停地敲第一个，你的朋友如果跟着说：“忘，忘，忘，忘，汪，汪，汪，汪，汪……”呵呵，效果就出来了。

3. 找一个 MM，说是测试她的英文能力。由你说一个单词，MM 说这个单词的第二个字母。开始时随便说几个，接着好戏开始。

先说 husband，MM 会说 u（you）。

再说 wife，MM 会说 i（I）。

反复。

明白了吗？

4. 你问他："一个'三点水'加一个'来'是什么？"
他想了一想说："不确定，涞（LAI）？"
你再问："一个'三点水'加一个'去'呢？"
他八成会说："什么字？有这个字吗？去？"
其实应该是"法"……

5. 伸出 1 个手指，问别人"这是几。"
再次伸出 2 个手指，问别人"这是几。"
再次伸出 3 个手指，问别人"1 + 1 是几。"
10 个人里最多 1 个人答对。

6. 看王朔的小说，《一半是火焰，一半是海水》，里面的游戏很有意思，就是手中夹硬币，然后回答问题的那一个。
问：比 1 大的数字有吗？对方说有。
再问：比 10 大的有没有？对方说有。
直到说到 100000——
最后问：比你傻的傻瓜有没有？对方会很警觉地说"没有"！

7. 顺便说一个：你可以对你的 MM 说："我要测测你的英语反应能力。"伸出左手，对她说"我点拇指是 A，食指是 C，中指是 M，无名指是 S，小指是 X"，然后说："为了增加难度，我会用中文干扰你。"然后，你指中指说"鱼"，她会说"M"，你指无名指说"驴"，她会说"S"，然后再指拇指说"猪"，她会说"A"，然后一直点拇指说"猪"，她会一直说："A，A，A，……"如果 MM 聪明，可以多试其他的手指之后再说拇指。

8. 劝 MM 酒时对她说："我喝清一杯，你喝一口。"然后重复……"我清，你一口……"

9. 把双手放在大腿上，然后左手做向前摩擦的动作，右手就做上下捶击的动作，做几下，然后换手做，改成右手向前做摩擦的动作，左手做上下捶击的动作……

如此反复……

对了，速度要快些，慢了就没效果了。呵呵，试试吧，大多数人不能说。

10. 甲：除了人什么动物最爱问“为什么”？

乙：不知道。

甲：是猪！

乙：为什么？

哈！！！

11. 说个老故事吧，人越多的场合越好。

冒险故事：爷孙出海历险！

爷爷是个水性很熟的渔夫，这天，天气很好，他喊了小孙子一起出海打渔。

谁知刚出海不久，天气突变，海上起了风浪。小孙子很害怕，爷爷就安慰他：“乖孙别怕，爷爷这么多年的技术了，这点风浪怕啥？”

突然，一个大浪头打过来，把船桨给劈头打成两截！

爷爷无奈地对孙儿说：“乖孙啊，桨完了！”

12. ——猪的英语拼写是 PUG 吧？

——不对，是 PIG。

——不是吧，我怎么记得是 U（YOU）呀！

——你弄错了，是 I。

——猪是 YOU。

——猪是 I。

一、动物天地

1. 为什么动画片《猫和老鼠》里的老鼠要比猫厉害？

   答：这只老鼠肯定吃过菠菜的。（大力水手血溅五步……）

   因为这部动画片是老鼠写的。（猫血溅五步……）

2. 为什么说“老虎屁股摸不得”？

   答：因为摸到老虎屁股，它尾巴一甩，会把人的手甩到地上去的，很疼的。

   老虎的屁股太大了。

   摸老虎屁股是不文明的。（人间自有正气长存……）

3. 怎么样让蚊子不叮我们呢？

   答：请一个保姆在门口守着。（保姆血溅五步……）

   在身上涂点油，蚊子蹬上去就会滑掉了。

   身上涂点胶水，就把蚊子粘在上面了。

   放《摇篮曲》，蚊子就去睡觉了，就不会咬人了。

4. 螃蟹为什么会吐泡泡?

答：螃蟹热得出汗了。

它饿了，在流口水。

5. 为什么现在没有恐龙了?

答：有一次很大的地震把恐龙灭绝了。

恐龙去拍电影了。(……原来如此。)

6. 小白兔为什么爱吃萝卜?

答：因为它的眼睛是红的。

萝卜有营养。

因为小白兔买不起肉。(小白兔血溅五步……)

7. 长颈鹿长长的脖子有什么作用?

答：可以看见它的好朋友。

脖子长戴金项链好看。(……)

这样能偷看农民种菜。

8. 如果有一天大海里没有水了，鱼怎么办呢?

答：让小河里的水流到大海里去，再放点盐就变成大海了。(明白海水和淡水的区别呀！)

叫鱼学会在陆地上呼吸。(动物就是酱紫进化的……)

9. 小鸟的尾巴有什么作用?

答：可以盖屁股。(遮羞用的啊……)

跳舞的时候张开很好看。

10. 松鼠的尾巴有什么用?

答：当被子盖。

当降落伞。

可以扫地。

当枕头。

二、人的学问

1. 小朋友的脸是干什么用的?

答：我的脸可以用来洗脸。(捶地……)

没有脸的话，舌头、牙齿、鼻子、眼睛和嘴巴都要露在外面了。

刮老面皮的。

我的脸是给爷爷奶奶捏的。

2. 人为什么不是蛋孵出来的?

答：因为我妈妈是人，不是小鸡，所以只会生出人，不会生出蛋的。

小鸡有尖嘴巴，人没有尖嘴巴，我们没办法从壳里钻出来的。

有翅膀的动物才会从蛋里生出来。(这个倒有些道理)

我妈妈一生完就把我抱出来了。

3. 为什么小孩是从妈妈肚子里生出来的，不是从爸爸肚子里生出来的?

答：男的生男孩子，女的生女孩子。

爸爸肚子里都是啤酒，生出来的孩子都是醉的。

爸爸没有产假，妈妈有产假。(爸爸血溅五步……)

爸爸是男的，如果生孩子，就会难产。(爸爸继续血溅五步……)

爸爸生不来的，因为奶奶没有教他。

4. 谁记得自己刚出生时是什么样子?

答：头很小的，像一个乒乓球。

小时候是光光头，头发还没长出来。

很小的，像个热水瓶一样。

我生出来的时候就爬呀爬的。

5. 人的鼻子有什么用处?

答：没有鼻子就不能闻出饭菜的味道，吃了就很怪的。

没鼻子的话，鼻毛和鼻涕就没地方住了。(抱头……)

没鼻子香水就卖不掉了。

6. 头发有什么用处?

答：冬天不会被雪砸破头。

给理发师一点事做。(理发师血溅五步……)

7. 爸爸为什么要刮胡子?

答：胡子长了喝稀饭不方便。

胡子长了他的脸会疼的。

胡子长长了会变成头发的。

我爸爸不刮胡子，我妈妈就不喜欢他了。(爸爸还是血溅五步……)

8. 如果小朋友一天就长成大人好不好?

答：时间过得太快，一会会儿就要吃饭了，肚子还没消化呢。

如果时间过得很快，人一会会儿就死掉了，那么世界上就没人了。(……好、好有远见。)

如果比爸爸妈妈大了，怎么叫爸爸妈妈呢?

9. 人什么时候有四条腿?

答：扮小狗的时候。

两个人抱在一起。(捶地……)

10. 有什么办法让胖子瘦下来，让瘦子胖起来?

答：瘦子多打拳击，胖子做靶。(胖子血溅五步……)

叫胖子多喝点水，肚子就会变得很大很大，一揿，就瘦了。(胖子继续血溅五步……)

三、世界真奇妙

1. 足球场上为什么那么多人抢一个球呢？

答：他们没钱，只能买得起一个球。

球多了来不及踢。

因为球长得漂亮。

2. 为什么儿童节要定在6月1日？

答：妈妈爸爸过的节日很多，要给小朋友过点节日的。

其他日子都没空。

3. 火车的名字是怎么来的？

答：它妈妈就给它起了这个名字。

因为它在生气发火。

4. 为什么有的气球会往上飞？

答：能飞上天的气球都是骨头轻的。（……）

气球生气的时候就飞上去了。

5. 为什么叫浦东？

答：有很多鸭子跳进去，扑通扑通的，所以叫浦东。（……一切的谜都解开了！！！死鸭子出来给我捏！！！）

6. 钱存在什么地方比较好？

答：存在家里，因为没人知道你存钱了。

藏在皮鞋里。

7. 海军帽后面的两根飘带有什么用？

答：为了漂亮。

飘带越多官越大。

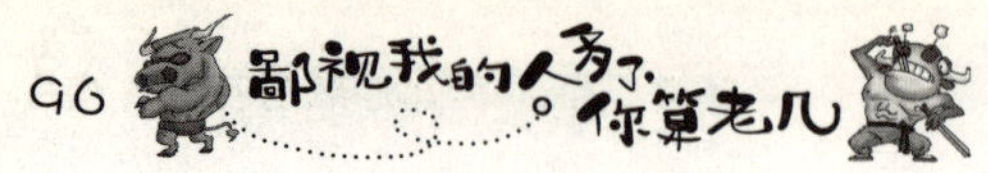

因为他想留小辫子。

四、肚子饿啦

1. 过生日为什么要吃面条呢？

答：吃了面条长得很快的。

吃面条便宜。

2. 小朋友们喜欢吃鸡的哪个部分？

答：我喜欢吃鸡肉，因为我天天在锻炼肌肉的。

我想吃鸡爪子，因为吃了鸡爪子会走路。

3. 汤圆为什么是圆的呢？

答：因为它的名字就叫汤圆。

方的汤圆吃不下去，会卡在喉咙里的。

因为嘴巴是圆的。

4. 牛奶是哪里来的？

答：是用奶粉冲出来的。（出现了！！！）

牛小便小出来的。（我血溅五步……）

5. 椰奶是从哪里来的？

答：把椰子给牛吃，挤出来的奶就是椰奶。（出现了！！！）

五、名词新解

1. 听了《蓝色多瑙河》的音乐，小朋友有什么感觉？

答：好像小狗在摇自己的尾巴。

感觉很清凉的。

有点感觉了，一只乌龟在爬。

2.《西班牙斗牛士》这段音乐讲的是什么故事？

答：泰坦尼克号。

小荷姐姐在梳辫子。（小荷姐姐血溅五步……）

有人在打架。

3. 有个老爷爷丢了一匹马，你认为马还会回来吗？

答：那匹马肯定会回来的，因为它认识自己的脚印。

我觉得马到外面去结婚了，不会回来了。（好、好浪漫……）

会回来的，因为它的押金还在老爷爷这里。（好、好现实！）

4. 如果你家门口撞死一只兔子，你爸爸妈妈会怎么办呢？

答：我妈妈会把它送到医院的。

我爸爸会高兴得流口水。（爸爸……）

5. 人猿泰山到城里来可以干什么呢？

答：捞月亮。（强者！这就叫融会贯通、入乡随俗！）

一、公车站台

“小姐你踩到我脚了。”

“没有吧，我离你那么远。”

“我是说，如果你把脚不小心放在了我脚上，就是踩到我脚了。”

“神经病。”

“哇，小姐好眼力，我确实有神经病史，一般看见漂亮的女孩就发作。”

“你们男人总是那样，说些无聊的话故意引女孩子注意。好像以为自己很帅！”

“小姐你错了，我从不以为我自己帅，而是我本身就很帅！”

“别那么恶心人好吧？我要吐了。”

“在你吐之前我可以问你个问题吗？”

“有屁快放！”

“你为什么要昧着良心否定我的帅？”

“滚……”

二、公车上

“怎么又是你？”

“有时候我的确无处不在。”

“你知不知道你很烦人，那么多位置不坐，偏要坐我旁边？”

“小姐，你搞清楚，我只是坐了个空位置，而空位置的旁边，刚好有个你，如此而已。”

“前面也有个空位置，你怎么不去？”

“噢，明白了，原来你是想看我屁股，或者想我用屁股看你！”

“快滚……”

三、下了公车

“你为什么又下车？”

“反正不是因为你！我喜欢闲逛。”

“我告你性骚扰，你哪个单位的？”

“你是说斤，还是焦耳、牛顿？”

“我跟你很熟吗？老说这种无厘头话，对不起，我不感冒！”

“是呀，我们一点都不熟。我们好比一个枝头的两颗青草莓，酸酸的。”

“看了几次《大话西游》，学了几句唐僧话，以为你很幽默吗？”

“幽默是天生的，要怪，你去怪我妈嘛。对了，还有我爸爸……”

“神经！”

“你妈神经！”

“你妈神经！”

“你看你，明明是你妈，却要硬说成是我妈，莫非你想……”

“给我滚……”

四、KFC门口

“不会吧？我怎么那么倒霉，又遇到你！”

“我也发觉了，我想我前辈子的罪一定很重。”

“你说清楚点！小心我扁你！”

“你敢！我会叫的。”

“叫什么？”

“非礼呀，但不说强 ×。”

“你以为会有人理你吗？”

“没有也好，我非礼回来好了。”

“天啦，你这样的无赖都有，真是瞎了老天的眼！”

“嗯，是呀，要不然这世界上也不会存在什么所谓的精英。”

“……”

五、KFC里

“别说话，你一说话我就烦。”

“我还没说呀，讲点道理好不好？”

“我都叫你别说了，你说起话来像只苍蝇，恶心死了。”

“噢，原来话能起到这么大的作用，实在是惊天地，泣鬼神哟。我可以做个兼职哟！”

“做什么？”

“去医院帮人洗胃。”

“你没的救了，早点回去料理后事吧！”

“临死前我没有什么要求，我只想对你说几个字，又怕你不答应。你答应吗？”

“说吧，合理要求可以考虑。”

“这顿 KFC 你请我好吗？”

“去死……”

六、出 KFC

“你没女朋友吗？星期天一个人闲逛？”

“准确地说，我没女朋友，但有女性朋友，你问这个干吗？”

“没什么呀，关心你的终身大事，不好吗？”

“好，怎么不好？你好像我一个我深爱的人。”

“谁？”

“我老妈，她也老喜欢问这问那。”

“要不是在街上这么多人看着，我真想揍你。”

“我都不怕别人看见你揍我，你怕什么呀？你呢，不陪男朋友吗？”

“不要你管！”

“噢，明白了，被男朋友抛弃了，揍我想找心理平衡。”

“狗嘴里吐不出象牙。明说吧，我不想找。”

“考虑一下我吧，我吃点亏。”

“求你别再恶心我了。”

“我可以无条件充当你的临时演员，如果需要男朋友的时候请打××××××××××××”

“到时候再说。”

“告诉我你的电话好吧？”

“到时候再说或到 ××× 里给我留言，别说你不知道这个网站。再烦我骂你了呀！”

“是啊，我正要说啊，我是不知道啊，我这就去看一下，为的是等着你发条信息骂我。”

……

七、各自回家

“奇怪，我真的好想发条信息去骂他。”

“呵呵，她不发信息骂我才奇怪。”

“完蛋了，难道我真的喜欢那个无赖了？”

“嘿嘿，她不喜欢我这个无赖那才叫完蛋。”

为朋友打架，拘留 15 天，出来之后，我一个人赔医药费。

下属篡权，自己辞职了。

房没了，租个房，天天晚上闹鬼；墙太薄，天天晚上听隔壁的叫 c，而且声音还是一男的。

买了条吉娃娃，养了俩月，结果发现是哈士奇。

网上拍一妞，一见面才知道是离婚的，她儿子比我小一岁，现在天天追杀我，说是为了我离的。我靠，你离婚了两年才认识我，你丫还非说是女人的预感。

夜里喝醉去 1912，醒了之后看见和一男的在宾馆里，到现在都不知道让没让他给……

在家逗狗，让丫坐，丫打滚，让丫打滚，丫倒立。

饿了就啃我衣服，狗粮，从来不吃，晚上趁我睡着了，自己偷冰箱里的大蒜吃。

我说你丫到底是不是狗啊，拉大街上遛你，本来想借着你搭讪个妞，你 TM 就会跟着老太太屁股后面走，看见美女摸你，你就拉屎。你说你是不是 BT？

把你给人那天，我特难受，可你呢，看见我朋友就跟见了亲爹似的，满地打滚。

我要不是属狗的我真把你扔火锅里吃了。

想减肥，天天饿着，有天实在忍不住了，买了 7 斤柿子，吃完中毒了。

花 8 块钱买一瑜伽光盘，练了 4 天，把脖子抻了，现在俩肩膀还不一样高，女的看见我都说我是臭 BT。

夜里想玩点浪漫，自己给自己做烛光晚餐，结果把被子点着了。我妈以为我是因为失恋要 Z 焚，给我送心理医院待了两天。

实在孤独，花 1 块 5 买一大眼泡金鱼，买来之后就挺着肚皮在水里一动不动。我一直以为它死了，有天尿完尿，顺手扔厕所里，这孙子在尿里游得那叫一个欢啊，实在不忍心给它冲茅坑里，下手从尿里给捞出来了。结果手开始脱皮，到现在还没好。

吃炒饼吃出啤酒盖，吃馄饨吃出脚指甲，坐公交车被门夹脑袋，打苍蝇手拍钉子上，买股票就没涨过，去白云观烧烧香，手机掉功德箱里拿不出来。

出门遇一和尚说我大富大贵，就是现在走背字，一高兴花 570 块钱买了他一个翡翠护身符，让我天天含嘴里。有一天，哥们儿来了，说我舌头怎么绿了。我把翡翠拿出来一看，原来是一大玻璃。哥们说："你见过道观里有和尚吗？"我想想也是，孙子你骗我就骗吧，还他妈非让我天天叼着，现在一伸舌头，人家以为我他妈苦胆破了，你说哪个妞能理我？

天天做噩梦，不是被人宰了，就是让动物给j了。

想老老实实在家看会儿电视，TM台台演《奋斗》，十几个美女围着一叫陆涛的转，爱得死去活来，TM大房子，大美妞，有几十个亿的大爸爸。临了，你丫还说："我要的不是这个。"

合着我同龄人都是这么过日子啊，换个台吧，又来一许三多天天嚷嚷做有意义的事，昨天还心智不全呢，今天就扛一大狙去缅甸崩毒贩子，可能吗？三多，我告诉你，我叫王大鸡儿，我是铁姑娘团的，你信吗？真TM想把电视砸了。

上校友录，想踅摸两个人吃剩下的妞，我小学女的全结婚了，加中学大学班级，结果不让我通过，说我上学那会儿是什么不良少年，我TM都奔三张了。

让你狂笑两个小时的猛帖

1. 早上赶公共汽车，到站台的时候，汽车已经启动了。于是我只好边追边喊："师傅，等等我！师傅，等等我呀！"这时一乘客从车窗探出头来冲我说了一句："悟空，你就别追了。"

2. 说一农民赶牛车进城，被 Police 拦下，理由是没有车牌，农民找来一块破木板写一牌挂上，Police 看后立刻晕倒，牌上写：牛 B-74110。

3. 周末，我到一个博物馆去参观，一时人有三急，便跑到男厕所里。到了那里，我砰的一声把小间锁上，解开裤子，就准备方便。突然，隔壁的小间里，传来了一个男人的问话："喂，伙计，你好吗？"

   我通常是不在男厕所和其他男人搭话的，但是那天，不知道怎的，就随口答道："还好。"

   正当我集中精力、全神贯注地要做我应当做的事情时，隔壁又发话了："你待会儿想干些什么？"

   我觉得，这个老兄也友好过分了，哪有这样在厕所单间和人家套近乎的呢？也许他比较孤独吧？于是，我虽然不情愿，但还是回答他："看完展览，就回家。"

   "你待会儿可以到我这里来一下吗？"

这下，我完全明白我遇上什么人了：要么是个变态的同性恋，要么是个神经病。我再也忍受不了了，于是狠狠地回敬了他一句："无聊！请你别再烦我了。"

隔壁的男人一言不发。我终于舒了一口气。对于这样的神经病，就必须严厉对待。突然，隔壁又传来了话声："对不起，哥们儿，我先挂了，待会儿再给你打过去。我这隔壁有个变态的人，总是在那儿搭我的话……"

4. 大一，一次去食堂打包子，谁知划卡机出了点毛病，一下划下去 25 块 3，卖包子的哥哥鼓捣了半天也加不回去，于是可怜兮兮地说："没事，我记得你，以后常来，直到把多划的钱用完。"我只好同意了。可怜我上顿包子下顿包子地吃了一学期，包子哥哥还欠我 2 块 3……最可气的是大学四年我竟然没找到一个女朋友！！！直到毕业，有一天，我走在校园林荫路上，就听后面一帮女生指指点点，小声道："没错，就是他！！以后可别找这样的男朋友，天天去二食堂吃包子不给钱！！"

5. 那时我正跟一个名叫姜伟的小伙子交往。有一天，我给他打电话问他什么时候来接我下班，是个男人接的电话。我问他："姜儿（我惯用的昵称）在吗？"他回答说："我就是，请问您是谁？"我说："就是我呀。"电话里的人一本正经地讲他不认识我，问我是否打错了。我觉得这肯定是姜伟在跟我开玩笑呢，也调侃地说："我是丽安啊，上个月天天躺在你床上的女孩子，想起来了没？"电话那头一阵沉默。过了一会儿，他回答："对不起，我是老姜，我去叫我儿子来听电话。"

"……"

6. 大学时，一日，全校学生大会，班主任想让体育委员清点一下全班女生来齐没有。就对体育委员（一好色男生）说："你去把全班女生清一下。"体育委员受宠若惊，小声问："先亲……亲哪个？"老师想了一会儿说："当然是按学号来！"

7. 重庆以前有个经典地名，叫做人和，取的"天时、地利、人和"的意思。那边

有个单位，挂的招牌很无敌：人和瘦肉型猪配种场。

8. 昨天收到一朋友短信：虽然你不是女人，但你是女人用品。祝你三八节快乐！塞自己一个。

9. 一日，某东北男生和一甘肃男生去买方便面，东北自言自语道："整个啥味的呢？葱香牛肉的吧！"一旁甘肃男生好奇地问："什么叫'整'啊？"东北男生答："吃呗，就是吃的意思。"傍晚，我们三人去卫生间，下水道堵了，导致里面到处是粪便。东北男生一看，大怒："这可咋整啊！？"话音未落，一旁的甘肃面如土色，干呕不止……

10. 在一辆拥挤的公共汽车上，一对青年男女拉着吊环站着。女孩对男孩说："哎！你帮人家抠一下屁股好不好？"刹那间，公车内的空气仿佛凝结一般，那男子面有难色地回答："不方便吧？人这么多！"女孩还是撒嗲说："我不管，赶快帮人家抠一下屁股嘛！"此时，整辆公车的人都注视着那男子身。只见他满脸通红地拿出大手机拨了号码："喂！屁股吗？我女朋友要我抠（CALL）你！！你自己跟她说吧。"

11. 某日，有个精力旺盛的老婆婆上了公交车，一个彬彬有礼的小朋友起身让位给老婆婆，老婆婆说："你坐好，我还很年轻，不需要你让座给我的！"过了一会儿，小朋友又站了起来，老婆婆拍拍他的肩膀，说："没有关系啦，你不用让座给我，我没那么老，我还年轻呀！"就这样，经过二、三、四次后，小朋友哭了！小朋友哭着说："老婆婆，我家已经过了好几站了，你为什么不让我回家！"

12. 坐火车回单位上班，站台上，突然有杂技演员演"走钢丝"，站台上空，拉了一根钢丝，一个小姐模样的在钢丝上面走，大冷的天，穿着裙子丝袜，（省略50字），我们都仰着头看，看完了，鼓掌。

低头，脚边的行李箱没了，不是我一个人的行李箱没了，是大家的行李箱，都没了。现在的小偷集团，太厉害了！！

17. 昨天一个人问我："南京市长是不是叫江大桥？" 我说："不是"。他说："那我坐火车在南京过江的时候，怎么看到一个广告牌上写着：南京市长江大桥欢迎您！"

怒
何故
昨日暮
偶遇见她
把纤纤玉手
交那衰人牵住
盈盈笑语左右顾
神采飞扬凌波微步
美眸中一片深情倾注
似前年与我同在湖畔路
也这般附耳交顾低语倾诉
如今见我头也不点形同陌路
我发现自己旧情难忘六神无主
两眼痴呆双脚生根心内如被汤煮
像我这么优秀的男子她总嫌我老土
那土鳖相貌恶心行止猥琐她爱他粗鲁
女孩子搞不清她想什么我越琢磨越糊涂

明知道她与自己不合适想忘记她另起灶炉
到头来都只能是剪不断理还乱最终于事无补
兄弟我长这么大从来没怕过谁却栽给了这个主
看来是上辈子欠她很多钱早知如此就不该和她赌
碰上她算我倒霉下次说什么也得找个温柔姑娘相处
总算明白这世上漂亮不能当饭吃往往还让你难堪重负
从现在起踏踏实实勤勤恳恳谦虚谨慎待人有礼爱护公物
切记过马路左右看要走人行斑马线要想富少生孩子多种树
化悲痛为力量一边努力学习一边时刻准备着开发祖国大西部
大丈夫何患无妻没有了你虽然孤独但也使我从此不再一叶障目
这也使我好好反思为什么会失败总结经验教训继续探索革命道路
我会遇上好姑娘没命地追她想她爱她决不放过她不管她属虎还属兔

这个有志青年是个好同志失恋了不失魂落魄自暴自弃颇有男儿气度
他虽然遭遇了现代女陈世美被无情抛弃但没有怪命也不埋怨政府
反而擦亮眼睛激发斗志将其丑恶行径卑鄙嘴脸进行了深刻揭露
再次论证了阶级斗争将会在一定范围内长期存在的精辟论述
展望了初级阶段革命尚未成功同志仍需努力这条基本道路
尤其难能可贵的是该同志认真反省自己并触动灵魂深处
认识到过去在湖畔漫步是小资产阶级情调的严重错误
险些为漂亮的外表所迷惑中了糖衣炮弹的惯用招数
理论联系实际痛定思痛如梦方醒才知道差点迷途
漂亮不能当饭吃漂亮不是本质不是革命的全部
语言虽然通俗但体现了有志青年的朴实感悟
批评与自我批评言辞感人真可谓发自肺腑
并萌发修身齐家治国平天下的远大抱负
体现了由此及彼由表及里的思想反复
像他这么优秀的青年怎么能说他土
自然是徒具外表的女人有眼无珠

天涯何处无芳草佳丽不问出处

好马不吃回头草旧情勿枉顾

兔子不吃窝边草以为三窟

百步之内必有芳草无数

也许有天她变成弃妇

才会想起你的好处

再回来找你倾诉

一切已经太晚

你也有今天

不屑一顾

不理她

扮帅

酷

1 楼：上厕所忘带纸，兜里只有女朋友的照片和 100 块钱，用哪张？谁来告诉我啊？

2 楼：用手指！再用水冲干净！

3 楼：用 100 的啊！你不觉得用照片很疼吗？照片太硬了！

4 楼：用 100 块的，用完洗洗干净，花出去。

5 楼：接楼上的，洗过后，买的东西还是香的！

6 楼：哈哈……还是把纸篓里人家用过的拿来用下算了！（这个答案真是巨牛……）

7 楼：应该上完厕所后，直接提起裤子，走人……（哥们儿真大气！）

8 楼：哭啊……我正吃饭呢！

9 楼：骗人……连鞋都没有？拿鞋刮呀！（靠，大哥，怎么刮啊？）

10 楼：简单——忍痛割爱，用自己的内裤嘛！

11 楼：你就用手抠吧！记得洗手哦！

12 楼：用袜子啊……（跟用鞋那个有异曲同工之妙……）

13 楼：你这个帖子该不是在厕所里发的吧……老实讲，你当时用的什么……

14 楼：印度是不用纸的！

15 楼：把 100 撕成 5 等份，用一份，哈哈……还剩 80 元。很赚啊！我是女的，男朋友的照片当然不能用！（介女地真 TM 有经济头脑）

16 楼：两张都用，因为一张不够擦啊！

17 楼：叫救命！

18 楼：照片朝里，让你女朋友背着你，然后再刮，这样心里比较下去了。（牛！）

19 楼：把照片撕成两张薄的嘛！！拿没图案的那边擦嘛！！！（更牛！！）

20 楼：找个吹风机吹下！
真不行，屁股一撅，风干咯！
这等问题，下次，就不要劳烦我了！
（真汗……）

21 楼：你不会打 110 吗？

22楼：笨！厕所肯定有水龙头吧？出去拿个水管，插在水龙头上，蹲着洗洗就行了。

23楼：都是不忍心的两个东西……绝！

那就把照片上的女朋友的头撕下来做纪念，再去擦PP吧……100嘛，留着用！

24楼：那你是怎么办的啊？我想啊……应该把你的弟弟扳过来，用你自己尿冲干净嘛！不错嘛，还是很为你着想的哦！

25楼：你爬到女WC看看有没有。

26楼：上完大号以后，把PP撅起来，然后开始狂甩5分钟，利用离心力将残留在PP上的便便给甩干净，然后就可以个吧，就是费时又有点累……

27楼：楼上的臀力真强！

28楼：厕所不都有墙吗？蹭在墙上啊！

29楼：屏一口气，把PP外面残留的喷出去，实在不行吸进来。（去，你这练功呢？）

30楼：等下哈，我来帮你擦！

31楼：大方一点啦！多拉点！把厕所堵住！到时，别人要进来修，你就威胁道：不给纸！誓不出去！！！不就得了？

32楼：把嘴里的口香糖拿来粘，粘干净了就好了，要是还有点甜味舍不得扔就继续嚼！（最恶心的就是你了！）

33 楼：拿嘴吹，吹干了就可以把壳子抠下来了！

34 楼：你练过瑜伽没？可以自己舔的呀，不过难度比较高哦！

35 楼：万一拉稀怎么办啊？那 100 的也不够用啊！

36 楼：摆在你面前的是两条路：是选择爱情还是留守爱情，是爱情伟大，还是金钱的诱惑更大？这是个问题，是个抉择，当你终于找到了生命的支撑时，拿起钞票视之为粪土时，猛然发现，风干了。——守护住爱情，看似牺牲失去很多，其实我们得到了更多。

偶是大一新鸟，第一次实验楼上课，课间大便。见一厕所门挂带“男”字门帘，急掀帘而入。不料遇一女生小解完，正用面巾纸擦拭……由于小猫是 CN，立马呆立当场，只觉有股热血由脚底板直冲头顶，将大便都顶了回去。

那女生一看，至少大三大四学姐，经验丰富，不慌不忙地将面巾甩进纸篓，徐徐提上牛仔裤，以过来人的口吻对偶说：“大一新生吧？那面才是男厕，我们经常挂错帘子来消遣的。”偶急忙退出，已大汗淋漓。

偶出来后，心跳加速，久不能平静。懵懂中，走进挂着“女”字门帘的男厕所内。找坑，解裤，蹲下，办事。脑里还一直回味刚刚的偶遇。

方便过后，偶打扫完战场，站起来，刚抓住裤腰准备提裤子，旁光一扫，右坑位一女生正侧眼看我。其裤子也正褪到一半……仔细一看，却是同班 MM，她也正在愣愣地看着我。

偶俩同时反应过来，急忙一起提裤子。

MM脸霎时通红，而后，偶俩发生了令我至今暴寒不已的对话。偶以猫格担保：以下为对话实录，绝未经过任何人为添加或修改。

MM："来上厕所啊？"（天知道她为什么会问出这么一句话！）

偶："啊，嗯哪。今天有点坏肚子了。你也来了？"（偶当时真的说话没经过大脑，一点思维都没有了，偶对天发誓，偶可是问她来上厕所了，可不是问她月经来没来。）

MM："啊！（脸更红了）到了这儿就水土不服，真倒霉，提前好几天就来了。"（看来MM的思维也很混乱，并不比我强多少。）

偶：……（无语，实在是找不到话回答了！）

终于，在这当口，偶俩都把裤子提上了。MM脸色恢复了点正常，偶思维也转过点来了。偶俩异口同声地说："你走错厕所了吧？"说完这话，MM定定地看着我，坦白讲，眼睛很大，也很好看。

MM："女厕所啊，挂的帘子上不是写着吗？"（口气变得强硬起来，意思是，一大学生还不认识男女厕所吗？看样子，偶要是找不到走错的证据，MM很可能以为我是故意进来偷看而当我成色狼的。）

偶巨崩溃，一日内两次被女生指责走错厕所，这要是传出去，我这大学也就不用念了。可是又不能跟MM解释是刚才走进那个厕所被女生赶了出来，所以才进这个厕所的。偶觉得自己的脑子里面也像有一团大便，憋得慌。

终于，天无绝人之路，偶抓到了极为有利的证据证明偶的清白。偶对MM说了偶都不能不拜服自己的一句话："男厕所啊，我问过的，帘子挂错了而已。再说，你们女生应该用不着这个小便池的吧？"说罢，偶得意地指了指厕所里面的小便池。

果然，此话具有极大杀伤力，MM 的脸一下红得更胜刚才。头都垂下去了，嘟囔道：“真是不好意思，打扰你了。可是我得换一下那个东西了，你能不能帮我在门口看一下啊？我刚才看见咱班班长进那个厕所了，我没法进去换呀？！”

1. 一只公鹿，它走着走着，越走越快，最后它变成了高速公路（鹿）！！

2. 两只番茄过马路，一辆汽车飞驰而过，其中一只闪避不及被轧扁，另一只番茄指着被轧扁的番茄大笑道："哈哈哈！番茄酱……"

3. 有只鸭子叫小黄，一天它被车撞到，它就大叫一声："呱！"从此它就变成小黄瓜了！！

4. 有一天小强问他爸爸："爸爸，我是不是傻孩子啊？"爸爸说："傻孩子，你怎么会是傻孩子呢？"

5. 为什么小明会摔倒？请三思……因为地板滑嘛！

6. 玻璃杯和咖啡杯一起过马路。忽然有人大喊："车子来啦！"结果玻璃杯被车子撞到，咖啡杯却没事，请问为什么？因为咖啡杯有耳朵啊！

7. 精神病人甲问乙说："你看我最近完成的这本小说怎么样？"乙看了看回答："不

错不错。不过就是人物多了点儿。”这时，精神病院的护士进来说：“你们把电话号码本给我放回去！”

8. 在路边，一个盲人乞丐戴着墨镜在街上行乞。一个醉汉走过来，觉得他可怜，就扔了一百元给他。走了一段路，醉汉一回头，恰好看见那个盲人正对着太阳分辨那张百元大钞的真假。醉汉过来一把夺回钱道：“你不想活了，竟敢骗老子！”盲人乞丐一脸委屈，说：“大哥，真对不起啊，我是替一个朋友在这儿看一下，他是个瞎子，去上厕所了，其实我是个哑巴。”“哦，是这样子啊！”于是醉汉扔下钱，又摇摇晃晃地走了……

9. 有一个金发女郎坐飞机去纽约。她的票是普通舱的，但她硬是坐在头等舱里。机长让空姐去对她解释，她只能坐普通舱。金发女郎头一扬，骄傲地说：“我偏要坐头等舱！因为我是金发女郎！”空姐无奈地回去对机长说搞不定她。机长又派另一个人去说服金发女郎。结果那人也是沮丧而归。机长一连派了五个人，都没有让金发女郎坐回普通舱。后来机长决定亲自出马。然后机长对金发女郎只说了一句话，金发女郎就乖乖地回普通舱坐了。机长说的是：“头等舱不飞往纽约。”

10. 有一天，有一个软糖在街上走路。它走着走着，突然说：“啊呀！我的腿好软啊！”

11. 神农尝百草。请问在他死前讲的最后一句话是什么？他说：“这……这个……这个有毒……”

12. 有三个女人死后进了天堂。天使对她们说：“你们到了天堂后不能踩到兔子，否则就会受到严厉的惩罚。”她们三个到了天堂后，发现满地都是兔子，根本没立足之地。其中一个女的一不小心踩了一只兔子，天使把它带到一个丑得不能再丑的男人面前，把他们锁在了一起。又过了两天，另外一个女人也不小心踩到了一只，天使把她带到一个又老又丑的男人面前，把他们锁在了一起。

第三个女人于是非常小心，过了两个月也没踩到兔子。这天，天使带了一个非常英俊的男人到她面前，把他们锁到了一起。那个女人莫名其妙，问那个男人怎么回事。那个男人说："我也不知道为什么，不过我刚刚踩到了一只兔子。"

13. 一个圣明的国王，一生致力于建设和保卫自己的国家。终于，他年迈力衰，卧床不起。一天，他感觉自己快不行了，赶紧招呼手下的大臣召集全国各地要官。官员们接到命令后火速赶到了皇宫，国王艰难地抬起手说道："你们都给我听着……"然后就死掉了。

14. 新学期开始，每个男生都要上台作自我介绍。当一位很清秀的男生作自我介绍的时候，主持人问到："请问，你有没有被别人误以为是女生？""当然，"那男生不以为然，"从小学时老师就一直把我当做女生，直到有一天我一气之下剃光了我所有的头发。""那老师们一定很吃惊吧？""嗯！不过最吃惊的不是老师，而是那位很殷勤地为我提了一年书包的男生。"

15. 关于中国足球的一个冷笑话：昨日，中国足协副主席谢亚龙来到德国莱比锡，会见了国际足联主席布拉特，商讨了关于中国足协提出的申请加入南极洲的事宜。中国足协在澳大利亚足协加入亚洲足联之后，开始为本国的世界杯出线前景进行深远考虑。推翻很多方案之后，终于认可了国安俱乐部主教练沈祥福提出的"加入南极洲，不用踢预选赛，直接进32强"的美妙构想，该构想从中国足球的整体实力出发，根据南极洲的足球环境得出结论：由于南极洲只有企鹅和冰山，鉴于世界杯是人踢的比赛，所以企鹅不会参赛（如果参赛，中国男足出线概率将继续大大降低），这样中国队就可以不战而胜。当日，国际足联的主席布拉特，接受了中国足协的这个要求，将中国足协算到了南极洲，但是条件是只给1/2名额，也就是说要和南美洲的第一名进行一场附加赛，得知这个结果，谢亚龙引咎辞职。

1. 提问：怎样可以最有效地瘦臀？

回答：蹭树。

2. 提问：显示器画面不停地轻微抖动，有什么办法？

回答：你也不停地抖动，当你的频率和振幅与显示器画面一致时，你就感觉不出来了。

3. 提问：为什么好马不吃回头草？

回答：因为马儿拉屎在后面拉。

4. 提问：如何除掉烦人的狗？我家附近有人养狗，且不管它，它随便跑，晚上还经常在我家门口拉屎。有没有办法不让它在我家拉屎，或神不知鬼不觉地把它弄死且没人知道？

回答一：和主人说没用，我告诉你个好主意。每次狗拉屎的时候，你去偷看，等狗发现了你在偷看，它会害羞的，就再也不敢到你家门口拉屎了。

回答二：给它买一台计算机，然后教它上网，它就没空去你家门口了。

5. 提问：为什么我玩 3D 游戏时会头晕？

回答一：小脑不发达。

回答二：大脑不发达。

回答三：大小脑都不发达。

6. 提问：怎么驱赶蚂蚁？

回答一：在寝室门上贴上“戒严”或者“查封”等字样，造成寝室已经停止营业的假象。

回答二：买个食蚁兽回来不就结了？

回答三：播放张楚的歌曲《蚂蚁》三十遍。

回答四：把这个问题贴到蚁巢门口，难死它们！难不死的也会被这个悖论折磨死。

回答五：养些白蚁，让他们种族歧视，自相残杀。

7. 提问：怎么样才能在街上捡到更多的钱？

回答一：把自己的钱包丢在地上就可。

回答二：最好当清扫员。这样拾零钱概率大。

回答三：钱不是捡来的，也不要低头走，钱是天上掉下来的，要时刻抬头看。

8. 提问：最简单的长寿秘诀是什么？

回答：保持呼吸，不要断气。

9. 提问：我要问百度知道知道不知道知道就知道不知道就不知道不要知道说不知道不知道说知道到头来知道变成不知道不知道还是不知道天知道地知道百度知道知道若要问我知道不知道知道不知道也不知道。请加标点符号，眼睛不好慎入！

回答：我要问百度知道：“知道不知道？”知道就知道，不知道就不知道。不要知道说不知道，不知道说知道，到头来知道变成不知道，不知道还是不知道。天知道、地知道、百度知道知道，若要问我知道不知道，知道不知道也不知道！

10. 提问：为什么月亮不围着太阳转？

回答：因为月亮已经围着地球转了。

11. 提问：刘关张三结义供的是谁？

回答一：皇天后土。

回答二：炎黄二帝。

回答三：桃子。

12. 提问："实在难以置信"用英语怎么说？经常在电影里听到，"安宝累宝宝"或者"挠怕司宝"这两句怎么写？准确的意思是什么？

回答：应该是这样才对：

unbelievable（安宝累宝宝）难以置信！

not possible（挠怕司宝）不可能！这一句的语气比上面那个更强烈些。

13. 提问：跷二郎腿的危害？

回答：屁股会一半大一半小。

14. 提问：为什么人会怕高，而鸟却不会？

回答一：人知道掉下来是什么滋味，但鸟不知道。

回答二：鸟在飞翔的时候，从来没有顾虑，它不会惦记自己的翅膀。而人总是想得太多，负重太大。

15. 提问：巫师为什么要骑扫把不骑板凳呢？

回答：因为骑扫把比骑板凳帅多了，而且遇到敌人（强大的，自己打不过）就可以伪装成扫地工。

16. 提问：为什么超人要把内裤穿在外面？

回答一：穿在里面了，谁知道你是超人？

回答二：蝙蝠侠，内裤套头了；蜘蛛侠，内衣外穿了；超人怎么能不走时尚路

线呢？他就内裤外穿了……

17. 提问：我的电脑里有病毒我应该买什么杀虫剂好？

回答一：什么都不用，你可以一个月不开机，把病毒饿死在里面。

回答二：光饿死还不够，万一病毒太饿了，爬出来感染别人的电脑怎么办！不光要不开机饿死它，还要拿个袋子把电脑密封起来给它断水断粮断空气才行。

回答三：用妇炎洁吧，洗洗更健康。

回答四：用妇炎洁不行啊，楼上的。如果电脑是男性怎么办？其实用汰渍最好了。不伤手，除菌。

回答五：楼上的全都不厚道，电脑病毒是不能用杀虫剂的，你把电脑带到防疫站给医生去打一针就行了，以后每年打一针就能彻底防止病毒入侵了。

18. 提问：我的电脑中病毒，我用杀虫剂喷在主机上，怎么不管事？

回答一：可以找杀虫剂厂家理论啊，再不，你可以告到消费者协会去。

回答二：没事，你喷得不够多。多喷一点就好了！

最佳答案：中病毒应该是软件的问题，不是硬件问题，所以，你喷在主机上是没用的，你应该打开电脑，拆下硬盘，再拆开硬盘进行喷射即可解决你的问题！（不许笑，严肃点！）

19. 提问：市场上有增肥药吗？吃什么东西能胖一点？越简单越好！

回答：有，只要一会儿就马上变肥。方法是找个马蜂窝，用手伸进去搅拌两下，呵呵，只要一会儿，保证肥得连老妈都不认识你了。

20. 提问：向高手请教，抢银行什么枪合适，还有，枪在哪儿买，AK-47 多少钱一把？知道的说一下。谢谢！

回答：有经验的都不在这里，不过你试着抢一下就会见到他们。

21. 提问：请举一些化学造福人类的例子。

回答一：近一个世纪以来，化学对人类社会所作出的最卓越的贡献大约有合成纤维、染料、石化、制药、化肥、合成材料等。

回答二：原子弹。没有不“服”的。

22. 提问：一个智力问题。228 的后面是什么？ 103 的后面是什么？ 85 的后面是什么？ 3 个答案都一样！给我答案就好。

回答：的。

23. 提问：明星要吃饭上厕所吗？

回答一：当然不用，明星吃饭叫“用餐”。明星上厕所叫上“洗手间”。所以不用“吃饭”和“上厕所”。

回答二：没看见的就当没发生。

24. 提问：维护世界和平的使命可以交给我吗？

回答一：如果你是动感超人，我会考虑的。

回答二：当然不能交给你了，下一届的美国总统选举必须由你来出面，否则美国人民决不答应的。

回答三：如果你拥有超人的力量，百变星君的能力，忍者神龟的身手，阿童木的勇气，一休的智慧，斯大林的魄力，普京的手段，布什的谋划……基本上就可以去维护世界和平了。

回答四：开这么大的玩笑！

回答五：你算老几啊？凭什么给你！如果你是奥特曼，那就可以！

25. 提问：为什么学生宿舍要禁用“热得快”？

回答：第一，费电。

第二，容易失火。

第三，烧的水只能洗脚，因为质量不好。

26. 提问：怎样洗衣服干净？

回答：勤洗。

27. 提问：为虾米稀饭一个人那么难？

回答一：锻炼一下口齿吧，说得清楚就不难了。

回答二：稀饭是个人？用的拟人手法？

回答三：给稀饭个包子，它就不难了。

28. 提问：我不慎吞入一只飞虫，是否会出事？

回答：当然是好事了，能品尝到世间少有的野味，而且那些东西还有丰富蛋白质，有许多微量元素，肯定能增加你的功力的。

29. 提问：求助！我电脑开不了机了！风扇都不转，主板灯也不亮啊！

最佳回答：插线了吗？

对最佳答案的补充：没！

30. 提问：我是计算机网络班的学生。我们要开运动会了，老师要我们为班级说一个口号，要新奇，有创新，跟我们所学的计算机网络有关。

回答一：最大的流量，最快的速度！

回答二：我们保证不卡。

回答三：××班，电话线，我们班小光纤！

31. 提问：谁能形容一下 CPU、内存和硬盘的关系？

回答：你是 CPU，内存是碗，硬盘是锅。你吃饭时直接用碗，但是东西是从锅里盛出来的。

32. 提问：宝宝将在 2009 年 2 月诞生，爸姓章，妈姓王，请大家起个名，男女孩叫什么，最好是双字名，且是动宾结构的。

回答：章鱼王。

33. 提问：我爱的人名花有主！爱我的人惨不忍睹！！为什么会这样啊！

回答：虽然名花已有主，偶尔也可去松松土。

虽然看来不忍睹，闷热也可来解解暑。

34. 提问：如何抵挡美色的诱惑？

回答：糖衣吃了，炮弹打回去！

35. 提问：我的孔雀鱼一天之内死100只，为什么会这样呢？

回答：都是因为你！

第一，因为你是个有钱的笨蛋！

钱多烧的啊！

第二，因为你是个没有文化的笨蛋！

一次性买这么多干什么，你不会先放两条试试水？

第三，因为你是个容易上当的笨蛋！

商家卖给你的是病鱼。

第四，因为你是个不懂养鱼的笨蛋！

你自己琢磨去吧……

36. 提问：为什么××工业大学的上空那么多乌鸦啊？

回答：因为乌鸦也要混文凭啊！

诚信找房客！算了直接写上吧，虽然想让你们多了解我一点，但为了方便大家，我还是写出来吧！

房子，我买的（高层公寓，两室一厅96平，东三环劲松），自己一个人住没意思，找个人合住，男女不限，不用付房租（骗人牙齿掉光光）。

条件：

男的：

1. 要求会做饭，哥们儿不会，川菜口味最好。

2. 时尚点，至少要比我会 happy，会泡妞的优先，哥们儿不会打网球，有此长项的欢迎，傻呵呵的就别报名了。

3. 年龄别过30，长相不能太寒碜，不然看时间长了也会恶心，出去一起混，太丢人。

4. 没女朋友的优先，不然晚上就哥们儿一人要单，会留鼻血的！就算有，也不能太漂亮了，有美女做女友的不要报名，不然后果自负，哥们儿意志力薄弱。

5. 要有点经济基础，别太抠门，喜欢占小便宜的就别来了！

6. 有正当职业，混混儿别来，我的品行还是比较端正的，不要把我带坏了。

女的：

1. 美女当然优先，傻子都知道，即使不是美女也要是个可爱型的，寒碜的就别来了。（以免夜间方便时撞见，再吓到我）

2. 最好不要是处女，看清楚，最好不要是处女，不然我一时性起，犯了错，内心的罪恶感会更重，我会良心不安的。（当然不是美女就不用担心了，但不能太丑）

3. 女孩要会玩，朋友多多，自己可以不是美女，但一定要有大把的美女朋友做储备，要有号召力，能叫出来一起 happy。

4. 会做饭，口味不挑，不吃出毛病就行（现在没几个女孩会做饭的，更别要求可口了），如果不会做饭，就要负责给我洗衣服，好点的衣服要手洗，熨好。

5. 身体健康，别三天两头不舒服，还不够我伺候她的呢，最好 365 天连例假都没有。（听说只有到了有“baby”以后才没那个，不知道对不对，没机会试，不太懂，真是那样的话这条算作废）

6. 女孩脾气大点没关系，长得漂亮我可以忍受，只要别打我就行，哥们儿毛病比较多。（现在女孩下手太狠，一出手就往下三路招呼，一不留神就会遗憾终生的）

男女平等，各 6 条，不开玩笑！
（骗人满嘴长虫牙，牙齿掉光光，提前 20 年头发白花花）

下面是哥们儿的生活习惯，能忍受的来！

我的陋习：

1. 超爱看美女，见到美女眼睛就发直，强烈时会有明显的外凸状，从不放过眼前经过的任何美女，倍儿色！（曾因看街上美女，绊到井盖）

2. 不太讲卫生，从不收拾屋子，喜欢乱扔东西，所以经常想用的东西找不到，不想用的东西哪儿都能看到。

3. 生活不规律，时间概念极差，颠三倒四，从不守时。（曾让女友在寒风中肃立 1 小时，后果是，当我热情地跑上去，为她拂去头上的积雪，她抡圆了给我一大嘴巴，下面飞起一脚正中要害，我砰然倒地）

4. 脸是门面，所以洗得勤，每天只刷一次牙，三天洗一次头，一星期洗一次澡，出来后，喜欢穿着裤头满屋跑（有时裤头也会落在屋外）。

5. 不爱洗衣服，袜子直到能立起来才想到换，运气不好，换无可换时，只能硬着头皮套在脚上，有时连自己都觉得反胃。

6. 文学修养比较差，喜欢看动画片和科幻片，只能看懂现代文学，对唐宋诗词一窍不通，顶多知道“床前面阳光”是杜甫写的。

7. 嘴馋，每顿必须有肉，越是垃圾食品越爱吃，零食要天天有。总之，什么好吃吃什么！（如果这算陋习的话）

8. 穿衣服没品位，什么名牌穿在身上都跟“摊货”没分别，往人堆里一站，总是能和农民大哥划到一起！

9. 不爱走路，去哪都打车，更别说运动。（爱爬山的兄弟姐妹们别叫我）

赵本山:“天也不早了,人也不少了,你们的岁数也不小了,这智商也该考了!”

高秀敏:“春节坑人不算多,去年卖拐今年卖车,这美国的日子挺不错,折腾折腾这帮傻大个儿!”

赵本山:“一号艾弗森,请听题。说你有一个私生子,今年刚6岁,以前他从没见过你,现在你和一大帮人去看他,他一下子就扑到你的怀里,叫你爸爸。这是咋回事?”

艾弗森听完一惊,心想:我有私生子,中国人都知道了?“因为他见过我的照片!”

赵本山:“错!因为你领了一帮女的,就你一个男的!”

高秀敏:“二号邓肯请听题。约翰是裁判的儿子,但他从不叫裁判爸爸,为什么?”

邓肯："因为约翰也是私生子，他叫不出口。"

赵本山："错！正确答案请现场嘉宾罗德曼回答！"

罗德曼回答："他管裁判叫妈妈。那个裁判是女的，有一年比赛，她吹我技术犯规，我还摸了她的屁股……"（斯考恩忙对摄影师说："这段掐了，千万别播！"）

赵本山："三号科比请听题。说奇才战湖人，乔丹运球过人，你在下三路防守，奥尼尔主守上三路，但乔丹还是过去了！请问他是怎么过去的？"

科比哈哈一笑："想那乔丹老迈年高，有我二人防守，他怎能过得去，当然是晕过去的！"（大屏幕上乔丹龇牙咧嘴）

高秀敏："回答正确，加十分！怪不得这么早就结婚！"

赵本山："四号马龙，请看大屏幕，（大屏幕上是当年爵士战国王，马龙一肘子把韦伯抡得满脸是血）请问：用左肘子和右肘子打脑袋，哪个疼？"

马龙一挥右胳膊："当然是右肘子疼了！"

"错！"台下韦伯吱声了，"是脑袋疼！我的脑袋疼！"

高秀敏："五号叫基德，专门开快车，说有一天，你开车过一窄道，迎面也开来一辆车，眼看就要撞上了，你们俩同时刹住了车，这时候天上没有月亮，车灯、路灯都是坏的，你是怎么看见的？"

基德眨眨眼睛："因为在白天呀！天上有太阳！"

赵本山："不愧是组织后卫，这道题一答就对！咱哥俩幸会幸会，能不能给个小费？来时的飞机票你给报了吧！”

高秀敏：“六号奥尼尔，请听题。赵本山有兄弟三人，老大叫大傻子，老二叫二傻子，老三叫啥？”

“三傻子呗！”奥尼尔咧嘴大笑。

赵本山：“错！老三叫赵本山！我是老疙瘩！”众人大笑，只有奥尼尔还不明白，一脸迷茫的样子。

赵本山：“七号王治郅。老乡见老乡，两眼泪汪汪，中国人高智商，是金子到哪儿都发光。请听题。说有两个宇航员，一个是烟鬼，一个是酒鬼，两人要到太空进行为期一年的考察，烟鬼带了十条烟，酒鬼带了十箱酒。一年后，两人走下飞船，酒鬼喝得微醉，显得很满意，而烟鬼一脸的沮丧。这是为什么？”

王治郅拍手大笑：“他忘了带火儿！”

这时，奥尼尔大叫“我终于明白老三为什么叫赵本山了！”（斯考恩忙拉起奥尼尔往外走：“别在这里丢人了，以后不带你来了！”）

晚会结束后，奥尼尔一直为晚会上丢人的事闷闷不乐。回到湖人队的俱乐部，刚好碰上菲帅。奥尼尔急忙拉着菲帅的手：“菲帅，我给你出一个脑筋急转弯的题。说我父亲有三个儿子，老大叫大傻子，老二叫二傻子，老三叫啥？”

菲帅：“你父亲起的名字真怪，不过也挺对！想我菲帅冰雪聪明，这题岂能难得到我！想必这老三就是奥尼尔你了！”

“不！”奥尼尔叫道，“老三叫赵本山！”

1. 尽管司马迁多次遭受宫刑，但他忍受住一次又一次的痛苦，还是以顽强的毅力写出了伟大的《史记》。

【评论：一次又一次？司马爷爷你那里难道是春风吹又生？】

2. 我的爸爸就像亲人一样爱我。

【评论：敢情您老是您爸爸从垃圾箱里捡来的？】

3. 太阳离我们越来越近，像一个金黄的油饼。

【评论：这位同学……你是木吃早饭就来考试的是伐？可怜的……MOMO】

4. 周总理的愿望是国家的富强独立，在他心里只有四个大字：为人民服务！

【评论：也许你的语文老师能容忍你，但你的数学老师不会原谅你！】

5. 我希望有一条健康的双腿，一个智慧的大脑……

【评论：同 4.】

6. 有一种自卑叫自信，有一种跌倒叫爬起。

【评论：这位同学是新时代的苏格拉底。】

7. 没有自尊的脖子，无法支撑自信的头颅。

【评论：我想知道怎样的脖子叫做“有自尊的脖子”！】

8. 没有背景，就奔前景。

【评论：乍一看，不知道在说什么，仔细一想，似乎有点针砭时弊的意思……但再想，又不知道他确切要说什么……难道只是为了押韵？！】

9. 眼睛为什么长在两边，因为它是用来向前看的。

【评论：同学，你的逻辑是超越我的理性范围之外的……】

10. 人生就像一杯白开水，平平淡淡的；但又像一杯加了糖的白开水，甜甜的；也像一杯加了盐的白开水，咸咸的。

【评论：这……还是白开水吗？！】

11. 马瘦毛长蹄子肥，儿子偷爹不算贼；瞎大爷和瞎大妈过了半辈子，谁也没见过谁。

【评论：同学，您是郭德刚老师的儿子伐？】

12. 孟德斯鸠出身贵族世家，虽然从小过着安逸的生活，但他看着天空变化的云，突然作了一个震惊历史的决定——那就是投身到资产阶级的革命洪流中去。

【评论：原来孟老师夜观天象忽然大彻大悟……】

13. 人命诚可贵，爱情价更高；若为生死故，两者皆可抛。

【评论：8HD 啊！你不能因为人家裴多菲过了 50 年的著作权保护期就这样糟尽人家……】

14. 俗话说：人有多大胆，地有多大产。土地如此，人何以堪？所以我们更应对

未来怀有远大的前景。

【评论：我无语了……这位同学你到底要说什么？！】

15. 进入高三，我就过上了“起得比鸡早，睡得比狗晚，吃得比猪差，干得比牛多”的日子。虽然我吃得比猪好多了，但我干得确实比牛还多。此刻，我的愿景就是……

【评论：可怜的孩子……同情地抚摸之，对高玉宝：你看到了伐！周扒皮对你们那其实是很有人文精神的！】

16. 我最大的毛病就是有骂人的习惯。虽说“五讲四美”要遵守，但恐怕只有坐在房顶上骂上三小时不带重样的才能解解我心头的怨气。写到这里，我手心发汗，因为我怨的是这张考卷，因为它决定了我的未来和前景。就凭这不足半米的考卷和一些墨水，就决断我十二年的求学生涯，我不服。但我犯不着跟分数过不去。

【评论：孩子……你是不是已经准备好出国的后路才来考试玩的？】

17. 上帝给了我们七情六欲，我们却把它们变成了色情和暴力。

【评论：深刻！】

18. 我的愿望是考上一所好大学，找到一个好工作，这样，以后才有能力让我的儿子也考上一所好大学，找到一个好工作。

【评论：为什么我想到了政治书里那个记者采访放羊娃的那段？！】

19. 我的很多同学为了能考上军校或警校，不惜把眼睛给做了。

【评论：做？！抖……怎么就给做了？！】

20. 周总理站在十里长街对天哀叹："出师未捷身先死，长使英雄泪满襟。"他对祖国美好未来的愿望使亿万人民为之失声痛哭。

【评论：十里长街？！啊啊啊啊啊啊！！！】

21. 泰戈尔说：黑夜给了我黑色的眼睛，我却用它来寻找光明。

【评论：你信不信顾城会拿着斧头半夜来找你？】

22. 汨罗江边，项羽手持利剑于颈间，他高呼……

【评论：他高呼：屈原小亲亲你怎么那么早就舍下我去了啊！！！】

23. 醉翁深知：不应有恨，何时长向别时圆……

【评论：苏轼 TO 欧阳修：大家熟归熟，你这样，我一样告你剽窃！】

24. 在桃花源过着田园生活的陶渊明写下了"疏影横斜水清浅，暗香浮动月黄昏"的名句……

【评论：好吧……我承认……其实我也不敢保证林逋老先生就一定不是陶渊明的邻居。】

25. 当俞平伯为钟子期摔琴之时，他所寻找的是高山流水，琴声是他的愿景。

【评论：鉴定为 BL 穿越文！】

26. 韩愈跟着刘邦去打仗，一天……

【评论：又鉴定出一篇为 BL 穿越文！】

27. 居里夫人发明了鱼镭，她的愿望实现了……

【评论：居里夫人，您死得真冤枉……谁晓得这鱼镭它竟然也是有辐射的！】

28. 司马迁在受到残酷的宫刑之后，忍辱苟活，因为他知道"不孝有三，无后为大"，所以……

【评论：所以……怎么样？！】

29. 司马迁在遭受宫刑之后，不得不忍受断腿之苦……

【评论：我求求你们了！司马爷爷“一次次”地受了宫刑已经够惨的了！你们别再虐他了！】

30. 司马迁在被施行腐刑之后，不顾身体的腐烂，写出了千古绝唱《史记》……

【评论：令人发指啊！我已经彻底无语了……】

31. 我看到司马迁在遭受宫刑之后的伟大成就和伟大愿望，不由感叹：三百六十行，行行出状元。

【评论：干笑，是啊！敢情太监这行也能出状元！】

32. 一代男儿司马迁自愿接受宫刑，就是因为他心中的伟大愿望——那就是大唐还没有一部自己的史书，于是他忍辱负重，为大唐完成了《史记》。

【评论：掀桌！司马迁究竟招谁惹谁了？都被折腾成这样了，你们居然还不肯让他得到解脱！还一直把他从汉朝折腾到唐朝！】

1. 在一工厂围墙上有一行大字："在此拉尿的烂 JJ。"
下面有一行小字："我是女的，不怕。"

2. 几年前，有一次公司开小会，一个经理正在讲话，我突然放了个响屁，那经理笑着说："哎，我在放屁的时候你不要讲话嘛。"全场十多个人爆笑！

3. 初中时候，有一男生和一女生在教室里吵架，吵得很厉害，惊动了家长，女生的妈妈来了，女生凶狠地对男生说："你刚才不是说要骂我的妈吗？我妈来了，有本事骂呀！！"

4. 十年前，住在公司集体宿舍的时候有一趣事。小张和小李（均是男性）平时爱开玩笑，小张老家在 300 公里外。一天小张在给老婆打电话，小李凑上去学女声淫叫，小张赶紧挂了电话。第二天晚上，有人敲门，小李开门，见一老一少两女人，问："何人？"答："小张的老婆和丈母娘，听说小张养小蜜了，来看看。"小李晕倒。

5. 分担痛苦

老师问学生：怎么解释“与人分担痛苦，会使痛苦减半呢”？
小伦回答说：“如果我爸爸揍我，我就揍他的猫。”

6. 政治犯

班主任张老师怒气冲冲地走进教室，厉声说道：“你们叫我语文张，我忍了；新来的政治老师范老师，你们为什么叫她政治犯（范）呢？”

7. 挂钟

大学里有间教室，里面的挂钟有问题，只要被东西敲到，就会愈走愈快，敲一次就快5分钟。
一天，教授上课，发现同学们都趁他在黑板上写字的时候用橡皮丢挂钟，但教授却不声张，依旧按钟上下课。没过多久，期末考试到了，大伙都埋头考试，只见教授拿着黑板擦在那儿练习丢钟。

8. 求知欲

老师问道：“孩子们，你们想知道第一个人是怎样出现的吗？”
小伊万从后排站起来，回答道：“老师，其实我们更感兴趣的是世界上第三个人是怎么出来的。”

9. 人身保险

讲授经济学的老师正讲到被保险人与受益人的关系问题，为了更形象一点儿，他举了个例子：“比如说我投了人身保险，有一天我不幸被车撞死了，你们师母就可以获得赔偿金。她就是受益人,那么我是什么人？”一个同学回答道：“死人。”

10. 保险措施

化学实验刚发下来，同学们争看老师的评语。只听甲拿起乙的念起来：“当浓硫酸滴到皮肤上时，应先用布擦干，再用大量的水冲洗，再用布擦干，再喷上些香水，再涂上一层玉米油护肤膏。”

老师批示道：“还要不要桑拿，按摩？”

11. 妙解

一次语文课上，老师向同学们解释“惊慌失措”、“不知所云”、“如释重负”、“一如既往”四个成语。

恰巧，某学生正在呼呼大睡。教授一拍桌子，该生顿时坐起来，拿起书便看，老师说：“这便是‘惊慌失措’。”接着，老师让他回答问题，他站起来支支吾吾了半天。这时老师说：“这便是‘不知所云’，请坐！”这位同学长长地舒了一口气坐了下来。老师又说：“这便是‘如释重负’。”等老师走上讲台，那同学又趴下睡觉。老师猛一转身，指着他说：“这便是‘一如既往’。”

12. 鲜花怒放

老师问周媛：“蜜蜂给花园增加了生气是什么意思？”

周媛答：“蜜蜂偷花，花儿生气呗！”

大家听了哄堂大笑。周媛辩驳道：“要是鲜花不生气，哪来的‘鲜花怒放’呢？”

你的笑点高吗？你的定力足吗？进来挑战下哈！！下面是俺精心挑选的大批笑话，慢慢享用哦！！

◇◇

七岁的小侄女非要和我一起洗澡，边洗还边说：“姑姑，你的胸为什么这么小？”

我狂汗：“哪小了，怎么小了！”

小侄女可怜地看了我一眼，安慰道：“没事，我的也很小。”

◇◇

我一哥们儿（清华博士）坐飞机去香港。

刚坐下，突然发现旁边坐的居然是周杰伦！

打量了半天，愣把周杰伦瞧得很不好意思，遂开口道：“你好，我是周杰伦，是想要我的签名吗？”

老哥一听就火了，愤愤地回道：“我是清华的博士，你要不要我的签名？！”

年收入 300~1000 万之间——二环外的房子爱买哪儿买哪儿；

年收入 100~300 万之间——三环外的房子爱买哪儿买哪儿；

年收入 30~100 万之间——四环外的房子爱买哪儿买哪儿；

年收入 15~30 万之间——五环外的房子爱买哪儿买哪儿；

年收入 8~15 万之间——六环外的房子爱买哪儿买哪儿；

年收入 3 万以下——自己刨个坑爱埋哪儿埋哪儿！

陪朋友打的去见一个网友，快到的时候，朋友指着不远处一个奇丑无比的女孩对司机说：

“看到那个女的了吗？”

“看到了，在那儿停？”

“不，撞死她！！！”

我同学的女友姿色出众，追求者甚多，令他头痛不已。

一天，我同学的女友又收到一医学院高才生的追求，我同学心知来者不善，试探道：“那你什么态度呢？”

女友答道：“我想都没想地就直接拒绝了他！”

我同学深感欣慰，又问：“他是怎样约你的啊？”

女友答：“他问我想不想一起看死尸！”

有天我同学(MM)去银行取钱，想到里面还有几十块钱，干脆一起取出来算了，于是就对着银行坐台的 MM 很大声很 NB 地说：“把里面的钱全部取出来！”

银行的 MM 一刷卡，随即抬起头来很认真地对着扩音器对偶同学说：“里面只有一块五毛，要全取出来吗？”

当时背后有很多人在排队……

◇◇

大学最后一学期，跟班上一男同学在一个实验室同作毕业设计。

该同学是典型的技术男，技术很强，RP超好，就是比较木讷，基本不跟女生说话。

一天，我写论文到夜里十二点才想起来回宿舍，走到楼梯口，发现早已熄灯了，楼道里黑黢一片，静得要死，那叫一个KB！

没法子，回实验室，见该男还在埋头论文中，遂叫他陪我下去，他很爽快地答应。

等走到伸手不见五指的楼梯口，他很仗义地对我说："来，把手给我！"

当时我那叫一个感动啊，多么热心的好同学，多么绅士的好男人啊！

莫非我未来的老公就是他？

于是我伸出那双温润的小手……

他抓住我的手，然后轻轻地放到楼梯扶手上说："别害怕，你自己扶着这个走下去就可以啦……"

◇◇

小学五年级某晚自习，大家都很遵守纪律，教室里鸦雀无声。

突地，班主任怒气冲冲地出现，怒吼："刚才谁搬桌子搬得那么大声？"

我们一头雾水，面面相觑，实在是从没有人搬过桌子。

班主任见我们不做声，更怒："你们知不知道全校的老师正在下面开会？你们居然在这里大吵大闹，我的脸都给你们丢光了！"

（注：我们教室底下刚好是教导处。）

沉默N久，在班主任怒火更炽之时，一男生恍然大悟，大喊出声："我们没有搬桌子，那是XX放了一个屁！"

班主任睦睁良久，颤抖低语："放屁有那么响吗？"

全班一致激动高呼："是！"

喊完大家才回过神来，接着爆笑！

汗！真人真事，那男生一直被我们称为"大炮筒"。

女儿去住宿学校上学，临走把一盆盆栽和热带鱼交给我。

一周之后，她打来电话时我告诉她盆栽死了。

又过了一段时间，我又遗憾地告诉她热带鱼也死了。

她沉默了一会儿，问道：“那么爸爸怎么样了？”

小明的爸爸对小明说：“今天你要是乖乖的，爸爸就带你去集市上，看别人吃糖。”

俺：请问您是传说中的铁扇公主吗？

女：公子何出此言？

俺：因为……因为……因为俺觉得您的长相只有牛魔王才能配得上您！

海关官员拦住一位旅客，并问他是否带有应报关物品。

“没有。”旅客答道。

“您肯定没有吗？”

“当然。”

“那么你身后的这头耳朵上夹着面包片的大象是怎么回事？”

“先生，我的三明治里夹什么东西完全是我自己的事！”

新兵在十三个星期的基本训练期中，睡的是硬地，吃的是军粮，因此训练一完毕，便急着想回家，好睡干净的床褥，吃母亲的饭。

到家的那一天，全家人热烈迎接他。

他母亲更兴高采烈地说：“我们已经准备好，全家去露营，为你庆祝！”

◇◇

顾客：“服务员，您能解释一下我的汤里的苍蝇是怎么回事吗？”

服务员弯腰仔细地看了看回答道：“它在游泳，先生，它在游泳。”

◇◇

有一栋楼有四层，每一层都住了个怪人。

第一层的喜欢吃小黄瓜，第二层的喜欢把房间染成绿色，第三层的喜欢在阳台小便，第四层的喜欢耍大刀。

有一天四楼的耍大刀，不小心，刀掉下去了，刚好三楼的要小便，结果切断了，掉到二层，被染成绿色，掉到一楼，最后被当成小黄瓜吃掉了。

◇◇

有一天小明来到他未来的丈母娘家做客，丈母娘：“你随便坐坐哦！菜马上就好！”

然后就进厨房忙了，这时，客厅里只剩下紧张的小明和丈母娘养的狗，小白。

突然间，小明发现自己的肚子剧痛了起来，他心想：不行！我一定要忍住！

可是他实在忍不住了，“噗”地放了一个无敌臭的响屁。

他心想：这下死定了！一定会被赶出去的。没想到丈母娘只是大喊了一声：“小白！”

小明于是放心地想：幸好有小白当我的替死鬼。然后他又忍不住放了第二个屁，丈母娘依旧大喊小白。

当他放第三个屁时，就看到丈母娘冲出来大骂说：“小白！你是要等到被臭死才会跑是不是？”

有一天小明手上打着石膏，老师问：“你的手怎么了？”小明说：“断掉了。”老师说：“为什么？”小明说：“因为我太懒了。”老师说：“太懒手会断？”

小明说：“我走在路上，鞋子跑进一颗石头，可是我懒地用手弄，就抱着电线杆抖着脚让石头掉出来，路人看到了，以为我触电了，就用木棍打我的手，所以……”

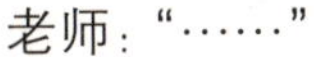

老师：“……”

police：“在海边抓到一个偷捕龙虾的男子，准备依法予以罚款惩戒……”

男子：“你说啥？我犯什么法？这两只龙虾是我的宠物，我是带它们出来散步！”

police：“懒地听你胡说！”

男子：“真的啦，大人！他们超爱冲到海里游泳的，只要我一吹口哨，就会游回来！”

police：“这我倒要瞧瞧了。”

于是男子把手上的两只龙虾抛到海浪里……

police：“好，我看你怎么把你的宠物龙虾叫回来。”

男子：“龙虾？什么龙虾？”

一位老兄因要赶着搭船，所以用最快的速度开车赶到码头。

当他开到码头时，见到船已经离开岸边了。他把车门一锁，立刻以跑百米的速度跳上船，整个动作一气呵成，没有任何停顿。

他的举动吓坏了全船的人。

船长很奇怪地说：“先生……船还没靠岸呢……”

问："医生在动手术时为什么要戴口罩？"

答："怕出事后被认出来。"

小学时，班上的同学在纸上写一些书名，然后将纸叠成飞机，在教室里乱飞。

不幸的是，一个纸飞机被班主任拾到，打开一看，上面写着："乳房的保健。"

班主任大怒，开始调查纸飞机的来源，并让同学们一个个对笔迹，看到底是谁写的。

调查的结果是，班主任认定是 A 写的。

但 A 拒不承认，因为的确不是他写的。

放学后，A 被留了下来，到了七点多钟，经过老师一再威逼利诱，A 扛不住了。

他对老师说："老师，那张纸上的字，真的不是我写的，我写的是'性知识大全'。"

下课，大家正外走，忽听身后一哥们儿叹气道："今天又白带了……"

众惊愕！

两秒钟后又听到一个字："伞！"

一司机开车撞倒一老汉，司机慌忙伸出头来看个究竟。老汉看见后大惊，奄奄一息地说："老兄，你还想倒车不成。"

◇◇

一天在东方广场约网友 MM 见面，不想显得太土，约在星巴克。

等 MM 时觉得不买点东西不合适，就到柜台点咖啡。

服务员问："您要点什么？"。

当天没戴眼镜，咖啡厅灯光昏暗，我使劲看价牌，还是看不见……就说了一句："看不清楚！"

服务员："好的，卡布奇诺！"

于是，我就喝到了在星巴克的第一杯 Cappuccino……

◇◇

某公司经理叫秘书转呈公文给老板："报告老板，下个月欧洲有一批订单，我觉得公司需要带人去和他们开会。"

老板在公文后面短短签下：" Go a head."

经理收到之后，马上指示下属买机票，拟行程，自己则是整理行李。

临出发那天，被秘书挡下来。

秘书："你要干什么？"

经理："去欧洲开会啊！"

秘书："老板有同意吗？"

经理："老板不是对我说'Go a head'吗？"

秘书："来公司那么久，难道你还不知道老板的英文程度吗？

老板的意思是'去个头'！"

◇◇

某兄喜欢吃鱼。

沃尔玛的鲈鱼九块一斤，要是死了放冰上的就七块两条，一样新鲜。某兄下班，就赶紧跑去买，但还是经常被人买走了，某兄就站鱼缸前等啊，有时候好半天都不死一条。

某兄就用网进去捞，用把手敲鱼的头。

服务员实在看不下去了，过来跟该兄说："先生，昏过去的不算……"

◇◇◇

一张盗版的 Windows 光盘上写着："正版费用我们在清王朝时已经付过了，所以无须激活，尽请放心使用！"

◇◇◇

高考成绩出来后，老师长舒了一口气，对偶说："其实没考上，对你和 ×× 大学都是一种幸福。"

◇◇◇

一哥们儿学习不好，可人家就偏偏喜欢占座，当然，有时也是在某些猪头女生的威逼引诱下不得已而为之。

一次，在用光书包里的每一本书，恨不得要上卫生纸了，结果还有半排没占，眼瞅着人越来越多，把这哥们儿急得突然灵机一动，摘下耳机线，然后捋直了放到桌面上……

还有一次，这家伙空手而来，偶心想：今天总算占不了了吧？

结果那厮微笑着从裤兜里掏出一副扑克……

◇◇◇

甲乙丙三人一起出游，甲感冒了……

晚上，大家同睡一床，甲睡中间。

半夜……甲打了一个大喷嚏，乙丙两人脸上都是甲的结晶。

乙丙："下次要通知我们……"

过了半个时辰，甲："注意了……"

乙丙闻言赶紧钻入棉被中，并确定与外界没有连通…

结果，甲放了个屁。

相信每个人都想成为有钱人，成为亿万富翁。可是我们如何才能成为有钱人呢？我想最直接的方法就是模仿那些亿万富翁做人、做事。在这里整理了十八条如何成为有钱人的秘籍，希望对大家有帮助。

一、读大学，究竟读什么

大学生和非大学生最主要的区别，绝对不在于是否掌握了一门专业技能。一个经过独立思考而坚持错误观点的人，比一个不假思索而接受正确观点的人更值得肯定。草木可以在校园年复一年地生长，而我们却注定要很快被另外一群人替代，尽管每次网到鱼的不过是一个网眼，但要想捕到鱼，就必须要编织一张网。

二、人生规划：三岔路口的抉择

不走弯路就是捷径——仕途，商界，学术。在这人生的三岔路口，你将何去何从？与其跟一百个人去竞争五个职位，不如跟一个人去竞争一个职位。学术精神天然地应当与尘嚣和喧哗保持足够的距离，商场不忌讳任何神话。你也完全可能成为下一个传奇。

三、专业无冷热，学校无高低

没有哪个用人单位会认为你代表了你的学校或者你的专业，既然是概率，就存在不止一种可能性，如果是选择学术，冷门专业比热门专业更容易获得成就，跨专业几乎早已成为一种流行，一种时尚。大学之间的实力之争到了考研考场和人才市场原来是那样的微不足道。

四、不可一业不专，不可只专一业

千招会，不如一招熟！十个百分之十并不是百分之百，而是零。在这个现实的社会，真正实现个人价值才是最体面最有面子最有尊严的事情，要想知道需要学什么，最好的方式就是留意招聘信息。很多专业因为不具备专长的有效性，所以成为了屠龙之术。为什么不将“买一送一”的促销思维运用到求职应聘的过程中来呢？

五、不逃课的学生不是好学生

什么课都不逃，跟什么课都逃掉没什么两样。读大学，关键是学会思考问题的方法，逃课没有错，但是不要逃错课。英语角绝对不是学英语的地方，为了英语丢了专业，那就舍本逐末了。招聘单位是用人才的地方，而不是培养人才的地方。既要逃课，又要让老师给高分。

六、勤工俭学的辩证法

对于贫困生来说，首先要做的不是挣钱，而是省钱。大部分女生将电脑当成了影碟机，大部分男生将电脑当成了游戏机，在这个任何都可以随意伪造的年代，还有什么值得轻易相信？态度决定一切，当学习下降到次要的地位，大学生就只能说是兼职的学生了。

七、做事不如做人，人脉决定成败

学问好不如做事好，做事好不如做人好。会说话，就能减少奋斗三十年。一个人有多少钱并不是指他拥有多少钱的所有权，而是指他拥有多少钱的使用权。一个人赚的钱，12.5% 是靠自身的知识，87.5% 则来自人脉关系。三十岁以前靠专业赚钱，三十岁以后拿人脉赚钱。你和世界上的任何一个人之间只隔着四个人。

八、互联网：倚天剑与达摩克利斯之剑

花两小时就写出一篇天衣无缝的优秀毕业论文，在互联网领域创业的技术门槛并不高，关键的是市场眼光和营销能力，轻舞飞扬已经红颜薄命了，而痞子蔡却继续跟别的女孩发生着一次又一次的亲密接触，很多大学生的网友遍布祖国大江南北，可他们却从未主动向周围的人说一声：“你好，我们可以聊聊吗？”

九、恋爱：花开堪折方须折

爱情是不期而至的，可以期待，但不可以制造，越是寂寞，越要警惕爱情，既然单身是可耻的，那西门庆是不是应该被评为宋朝十大杰出青年？花开堪折方须折，莫让鲜花败残枝。一个有一万块钱的人为你花掉一百元，你只占了他的百分之一；而一个只有十块钱的人为你花掉十块，你就成了他的全部。

十、考研：痛苦的安乐死

没有比浪费青春更失败的事情了，研究生扩招的速度是 30%，也就意味着硕士学历贬值的速度是 30%。同样是付出三年的努力，你可以让 E1 的值增加 1，也可以让 E2 的值增加 2 甚至增加 3……读完硕士或博士并不等于工作能力更强，面对 13.54 万的成本，你还会毫不犹豫地投资读研究生吗？努力就会有结果，但不一定是好结果。

十一、留学:"海龟"变"海带"

月薪2500元的工作,居然引得三个"海归"硕士争相竞聘,对于某些专业而言,去美国留学和去埃塞俄比亚留学没什么两样。既然全世界的公司都想到中国的市场上来瓜分蛋糕,为什么中国人还要一门心思到国外去留学,然后给外国人打工?

十二、非统招:养卑照样处优

她在中国信息产业界创下了几项纪录。她被称为中国的"打工皇后"。而她不过是一名自考大专生。要想把曾经输掉的东西赢回来，就必须把自己比别人少付出的努力补上来，非统招生不但要有一定的实力，而且必须掌握一定的技巧，做到扬长避短出奇制胜，路在脚下，好走，走好!

十三、毕业:十面埋伏的陷阱

母校不把自己当母亲，你又何必把自己当儿女!听辅导班不过是花钱买踏实，人才市场就是一个地雷阵，通过多种方式求职固然没有错，但是千万不要饥不择食,只要用人单位一说要你交钱,你掉头就走便是了。这年头立字尚且不足以为据，更何况一个口头约定!

十四、求职:做人不要太厚道

求职简历必须突出自己的核心竞争力,求职的时候大可不必像严守一那样"有一说一"，一个人说假话并不难，难的是把假话说到底，并且不露一丝破绽，在填写自己的特长时，一定要尽可能详细，一份求职简历只要用一张A4纸做个表格就足够了，面试其实是有规律的，每次面试的时候只要背标准答案就行了。

十五、骑一头能找千里马的驴

美国铁路两条铁轨之间的标准距离是 4 英尺 8.5 英寸，为什么呢？因为两匹马臀部之间的宽度是 4 英尺 8.5 英寸。垃圾是放错位置的人才，世界上最大的悲剧莫过于有太多的年轻人从来没有发现自己真正想做什么，中小型企业或许能够让你得到更充分的锻炼，从基层做起并不意味着可以从基层的每一个职位做起，要“钱途”，更要前途。

鉴于你在爷爷奶奶、姥姥姥爷的纵容之下胡作非为。我跟你妈研究后决定对你断奶 3 天以示惩罚，并留家查看以观后效！我们家是法制家庭，决定对你实行法制管理，经爸妈立法委员会研究讨论，制定了浅浅家规 18 条，现颁布如下：

第一，嘘嘘要提前打报告！不得在床上，饭桌上，尤其是骑在爸爸的脖子上嘘嘘！

第二，你得明白做任何事情都要有一个过程，比如猪身上长不出火腿，麦子不会直接长成面包，同理，荔枝要剥掉外皮才可以吃！所以，不得在等妈妈为你剥荔枝的时候痛哭流涕！

第三，要牢记你大姑的教导，遇到比自己厉害的要巴结，遇到比自己老实的要欺负。不得巴结比自己老实的，不得欺负比自己厉害的！

第四，请不要叫你的亲爱的大姑是大狗，那对她是一种侮辱。如果你确实发音不够清楚的话，你可以选择闭嘴。

第五，见到帅哥的时候可以对他笑，但是笑的甜蜜程度不得超过看见老爸的甜蜜程度！

第六，见到漂亮阿姨可以要求人家抱，但是不得钻人家怀里找吃的！

第七，见到漂亮 MM 不许挥拳头，不许吐口水，不许扮鬼脸！你确实很漂亮，但是你得允许别人像你一样漂亮。

第八，虽然你的牙齿已经具有足够的攻击力，但是你得明白，牙齿是用来攻击香蕉和菠萝的，不得用来攻击爸爸和妈妈，尤其不许咬我们的脸！

第九，如果奶瓶里的奶喝完还不够喝可以要求加餐，不得举着奶瓶来回摇！理由如下，第一，形象不好；第二，你摇也摇不出来。

第十，我们知道你对电脑有兴趣，我们也打算把你培养成一个电脑天才。但是，你敲键盘的时候不许用巴掌，要用手指，而且不得把全身力气都使出来。

第十一，你每天起床的第一件事是叫爸爸或妈妈，不得睁开眼睛就想开电脑，虽然电脑里有你想要的牛奶和布娃娃。

第十二，显示器里出现任何你感兴趣的食物的时候，不得用嘴巴啃！并且不得把口水流到键盘上。

第十三，如果你对你的伙食标准不满意的话，可以提出口头申请或书面申请，不得企图以摔奶瓶这种暴力方式引起高层重视！

第十四，犯了错误是要写检查的，写检查一定要态度端正，不得躺在床上撒娇耍赖企图蒙混过关！我知道你不认识字，但是你可以向你妈行贿要求你妈代写！

第十五，你喜欢音乐这很好，我们也喜欢看你随音乐摇摆的样子！但是不得在床上，尤其不准在爸爸的肚子上跳舞！

第十六，当爸爸厚颜无耻地跟别人吹嘘你如何乖巧的时候，你应该学会如何照顾你老爸的面子，不得当着外人的面拽我耳朵掰我鼻子往我身上擦鼻涕！

第十七，当有人夸你长得漂亮的时候，你应该保持淑女风范，不得得意忘形，不得谁夸就让谁抱！

第十八，这也是最重要的一条，不得向任何人透露关于这18条的信息，尤其不得向你爷爷奶奶那帮军阀列强透露！

以上家规自即日起开始执行，如果以上规定受到你爷爷奶奶、姥姥姥爷等列强的干涉而得不到有效的执行，则自行作废。

狗眼看人低 的10个经典场景

1. 机关门卫。

经典场景：一长相土气的老人来到市government机关门卫值班室。

——同志，请问王××在吗？

——喂，老头，你胆子不小啊，敢直呼我们市长大名？

——俺是找他有事啊。

——别没事找事，去去去，你找他能有什么事？

——他是俺儿子。

2. 酒店服务员。

经典场景：一头发有点凌乱的男子来到五星级酒店大堂。

——请问，这里的总统套房多少钱一天？

——总统套房？谁住？你吗？这可是要美元结账的啊？

——没关系，我暂包租三个月吧。

3. 商场营业员。

经典场景：一手上拎着超市塑料袋的中年女子走近商场珠宝柜台。

——小姐，麻烦您把五克拉的钻戒拿出来给我看看。

——看看可以啊，你隔着柜台玻璃就可以看到了啊。

——不可以拿出来看吗？

——哼，你买得起，我就拿。

——那好吧，我买少一点，就拿四颗吧。

4. 教师。

经典场景：一有点驼背的中年男子被孩子的班主任“请”进了学校。

——你是 ××× 孩子的家长？在哪上班啊？

——在市教育局工作。

——哦，在市教育局工作？是看门的还是茶水房的？

——怪不好意思的，我是局长。

5. 售楼小姐。

经典场景：一骑着自行车的男子来到高档楼盘售楼处。

——请问你们这还有别墅卖吗？

——有倒是有，不过我们这里可没有普通楼盘卖，你最好到别处去看看吧。

——不用了，就是那个 2000 万元一幢的别墅，买 2 幢吧。

6. 出租车司机。

经典场景：一操外地口音的拎包男子上了辆出租车。

——喂，你去哪?

——师傅，请把我送到机场。

——机场蛮远的啊，起码要两个半小时。

——不会吧，我就在机场上班。就算堵车，最多半小时就到了啊。

7. 护士。

经典场景：一七十多岁的瘦巴巴的老人住进了医院。

——××× 床，你这个月的医疗费已用光了，今天请你搬出特护房。

——我继续交钱可以住这吗?

——交钱也不行。

——那我是你们院长的老丈人也不行吗?

——哎哟，您老怎么不早说呢，您提交钱的事多见外啊。

8. 人力资源经理。

经典场景：一相貌普通的男子前来一家知名公司人力资源部应聘。

——你是国内哪所名牌大学毕业的?

——我是在国外读的书，美国耶鲁大学毕业。

——你应聘的是哪个部门的岗位?

——抱歉，我应聘的是贵公司的副总经理。

9. 交通 police。

经典场景：一辆轿车因违章被交警拦下。

——你为什么开着车打手机？

——对不起，我认罚。今天因赶着上班开会，忘记带钱包了，能不能换种方式处理呢？

——不行，就算你是市委书记也不行，法律面前人人平等。

——这是我的驾照，你先扣下吧。

——啊？您是市委李书记啊，实在对不起，我拦错了啊，对不起！

10. 演员。

经典场景：一满口土话的老妇要见一位当红女演员。

——哼，真是林子大了什么鸟都有，连乡下老太太都要见我，告诉她，就说我不在。

——你还是见一见她吧。

——不见就不见，怎么着？你以为我是谁啊，谁想见我就得见？

——她可是×××大导演的老妈啊。

——你怎么不早说呢？现在我就去看她老人家去。

今天早上，移动一官员猪古力在外突然感觉内急，只好找公共厕所。“干什么的？”大爷喊。“我是移动老总，我内急。”猪古力。“你不知道现在什么都要收费啊？”大爷。“行，多少钱？”猪古力。“进去5毛，出来3毛。”大爷看着他。“什么，出来也要收费？”猪古力瞪着眼睛。“看什么看，我们这里实行双向收费。如果你办个厕所套餐的话，就可以单向收费了。”大爷站起来。“行，我付钱。”猪古力掏出十块钱。“大便还是小便？”大爷捏住钱问。“大便，快点。”“嗯，你需要办理套餐吗？如果你一次性大便五十次，可以给你优惠再大便三十次。”大爷说。“别说了，我先进去，马上出来付钱。”老总进去后，选择了最后一个坑位爽了好久后出来了。“先生，您选择的是五号坑位，得付选号费用5毛钱，你在里面待的时候没有说不要选择放音乐，所以每次收费6毛钱。另外你在里面蹲了十五分零一秒，前一分钟按5毛每分，后面按每分钟四毛计费。不足一分钟按一分钟计费。另外由于你的排泄量占用了我们的下水道宽带，所以请你另外按包月付出费用50元。最后你可以通过小孔看到进厕所的其他人，请付来人显示费1块钱。”猪古力先生已经呆在那里。“所以，老总先生，我们这里不刷卡，总共你要付59.4毛钱，如果逾期不交纳，按每日千分之三的费用计滞纳金，我方不另行通知，积累到千元我方将通过法律手段催缴。”大爷刚刚说完，猪古力先生扑通一声晕倒在小便池里。

厕所墙上 9条爆强对联

上：天下英雄豪杰到此俯首称臣
下：世间贞烈女子进来宽衣解裙
横批：天地正气

上：畅通上下
下：雅集东西
横批：新陈代谢

上：脚踏黄河两岸手拿机密文件
下：前面机枪扫射后面炮火连天
横批：爽

上：静坐觅诗句
下：放松听清泉
横批：清静世界

上：大开方便之门
下：解决后股之忧
横批：众屎之地

上：最适低吟浅唱
下：不宜滥炸狂轰
横批：讲究卫生

上：有小便，宜
下：得大解，脱
横批：鞠躬尽瘁

上：小坐片刻，便会放松意念
下：清闲一会，即成造化神仙
横批：此即桃源

一、文学知识填空

1.《西游记》作者是（施耐庵），其内容是（至尊宝和紫霞仙子的爱情故事），其艺术价值的体现是（ONLY YOU）。

2. 夏丐尊是（丐帮帮主），主要作品是（降龙十八掌）。

3. “蓬莱文章建安骨，中间小谢又清发”中的“小谢”是指（谢霆锋）。

4. “归去来兮”是（《神雕侠侣》主体曲）。

5. 孔子是我国最伟大的（老人家）。

6. “真相大白”的同义词是（大象真白）。

7. 中国的煤都是（黑的），中国的铁都是（硬的）。

二、诗词填空

1. 西北望长安，（一山又一山）。

2.（常恨村姑无觅处），不知转入此中来。

3. 待到山花烂漫时，（我便奋力把花采）。

4. 我自横刀向天笑，（切除肝胆两昆仑）。

5. 天生我材必有用，（老鼠儿子会打洞）。

6. 天若有情天亦老，（人不风流枉少年）。

四、简答题

1. 请简述《骆驼祥子》的主要内容和主题思想。

答:《骆驼祥子》主要描写了一个叫祥子的男人和一只骆驼的故事。祥子去沙漠做生意，买了一只骆驼，路遇风沙，那只骆驼救了祥子，把他带出了沙漠。本文表现了人与自然的关系，让人们爱护动物，保护环境，也表达了动物是有灵性的。

2. 简述李白《将进酒》的艺术特点。

答:（1）采用“蒙太奇”的手法，把李白劝酒从岑夫子转到丹丘生。

（2）李白的劝酒没有采用逼迫,而是举了曹植的例子,把劝酒变为感情的事，正所谓“感情浅，舔一舔；感情深，一口闷。”

（3）另外，“君不见黄河之水天上来”一句表达出李白的善饮，想把黄河的水都饮干，豪气万千。

3. 怎样理解“天下兴亡，匹夫有责”？

答:皮肤是人体的第一道防御屏障，若皮肤破损就容易感染，病人一多，国家建设就无法进行了。所以“天下兴亡，匹夫有责。”

1. 偶小时候吃饭不老实，一老农为了教育我，对我说：“六零年苦呀，没饭吃，抠出来的鼻屎从来不扔的。”

2. 有个富豪找用人，面试的题目是“上厕所”，前几个上完后都没有洗手就出来了，富豪因此把他们打发走了，只有一个洗了手，于是富豪留下了他。可是有一天，富豪却发现他没有洗手就出来了，富豪问他是为什么，用人答到：“偶今天带了手纸……”

3. 一个男子看见一家商店大减价，便走了进去。“您买些什么？”“我想买狗食。”“我们有规定，您必须证明您有狗。”“哪儿有这样的规定？”“减价商品就是这样。”男子与售货员磨了半天，售货员还是不同意卖给他。没有办法，男子只好回家把狗带来，才买到了狗食。过了几天，男子又去这家商店买猫食。“给我两盒猫食。”“我们有规定，您必须证明您有猫。”还是那个售货员，男子又与她磨蹭了半天，结果还是不得不回家把猫带来才买到了猫食。又过了几天，男子抱着挖有一个洞的大纸箱来到那家商店，找到那个售货员。“您买些什么？”“你把手伸进去就知道了。”售货员把手伸了进去：“是什么呀，黏糊糊的。”“我想买两卷儿手纸。”

4. 有个人带着朋友去探望他的外婆。当他和外婆说话时，他的朋友开始吃咖啡桌上放的花生，把花生都吃完了。当他们离开时，他的朋友对外婆说："谢谢您的花生。"外婆回应说："哦！嗯！唉！自从我牙齿掉光后，我就只能吸掉它们外层的巧克力而已。老了，唉……"

5. 有个人很喜欢"麻辣粉丝煲"这道菜。有一次，他上饭馆，又点了这道菜。但侍者告诉他，这道菜已经卖完了。"真的卖完了吗？"他很失望地问。"先生，真的卖完了。你瞧,最后一份卖给那桌的先生了。"侍者回答道。那人顺着侍者的指点，看见有个很体面的绅士坐在邻座。绅士的饭菜已经吃得差不多了，但那份"麻辣粉丝煲"居然还是满满的。那人觉得绅士很浪费美味，所以他走到绅士旁边，指着那份"麻辣粉丝煲"，很有礼貌地问："先生，您这还要吗？"绅士很有风度地摇摇头。于是那人立刻坐下，拿起调羹狼吞虎咽起来。风卷残云，一会儿一半下肚了，突然间他发现在沙锅底躺着一只很小很小但皮毛已长全的小老鼠。一阵恶心，那人把吃下去的所有粉丝通通吐回了沙锅里。当他在那儿翻胃不已的时候，那绅士用很同情的眼光看着他，说："很恶心是吗？刚才我也是这样……"

6. 这天，酒店老板正在大厅巡视。来了一乞丐上前说道："老板给个牙签行吗？"老板给他一个打发走了。一会儿，又来一个乞丐，也是来要牙签的。老板心想现在这乞丐怎么不要饭改要牙签了？也同样给他一个打发走了，没过多旧，又来一个乞丐。老板对他说："你也是来要牙签的吗？"乞丐说："有个人吐了，可我晚了一步，已经被前面两个乞丐把能吃的都吃了，现在只剩下汤了。你能给我个吸管吗？"

7. 老大、老二乘坐飞机，老二晕机，不停呕吐。一袋吐满，老大只好去取袋子，等他回来时，发觉全机人都在不停呕吐。老大问其原因，老二说："我看到这只袋子也吐满了，只好又喝进去了半袋，结果他们就全吐了。"

如果您看到现在还没吐的话，那我不得不承认你是个高手，那我要出绝招了——

8. 有一天，老大和老二又去戏院看戏，看到中途二人为情节发展而争执起来，并为此打赌。老大指着前边摆的一排痰盂说：“输的人要喝一口那里边的东西。”不幸，老大输了，于是老大皱着眉头喝了一口。二人接着赌下边的情节，这次，老二输了。只见老二抱起一个痰盂，咕咚咕咚连喝了十五大口。老大大惊失色，佩服得五体投地，对老二说：“你太了不起了，居然能连喝十五大口！”

老二摇摇头：“不是我想喝，那个痰盂里的痰太浓，我实在咬不断……”

对不住了，各位……我知道你们已经都崩溃了……

我和我老婆是大学里认识的，大二的时候，我们在同一个学院，故事很平常，朋友租房子我去帮忙抬东西，朋友的朋友也去帮忙，这样我就认识了朋友的朋友，也就是我老婆。

大学的生活很快就过去了。我是个穷人，家里没有钱，父母以前是工人，现在下岗了在外打工，虽然穷，但是日子过得很快乐，我和老婆也是一样。最让她感动的是，2003 年我节约钱给她买了她很喜欢的那双 NIKE 的鞋，她很感动，那时候我也觉得自己很幸福。

她的家庭情况也一般，她说以后想考公务员，而我刚上大四时去了一个房屋公司兼职做了个小职员，一个月 1500 元。一切看来都很好。我是成都人，老婆重庆的。我在重庆读大学自然就在重庆工作了，公司在两路口，那时候我和老婆计划着以后奋斗的生活。

风云突变，就在大四的下学期，在毕业来临的日子里，我们和中国农业大学进行了友好学生活动。她认识了里面一个大四的上海人。那天活动我也去了，我见到了那个上海人，戴着个傻乎乎的眼镜，可是一看那小样儿就有点钱。两天后，老婆就搬出了我们租的房子。只是匆匆地来了个电话和一封信，大概意思是对我道歉，还叫我努力，鼓励我去面对未来美好的生活。

那一时刻我的头都炸了，没有伤心的感觉，只是觉得脑袋空空的，后来她的朋友来告诉我，那个上海人很有钱，有车有房子，家里还有船。那天上海人陪她坐车出去，大概是到瓷器口方向，有一段路不好走，那上海人就出了钱找几个民工买材料把那段路修好，就这一举动彻底征服了我老婆。

在我看来这纯粹是无聊的花钱行为，老婆没有了，毕业典礼的时候她已经在和那个上海人软语开心地聊天了。我觉得自己很失败，那天晚上我坐在通往解放杯的公交车上，在最后一排我终于忍不住哭了。

事后想想也不怪她，人人都有追求幸福的权利，但作为一个男人只有提高自身的含金量才是正途。有时我常常笑我自己是井底之蛙，1500 元要多少年才能买车买房，没有钱哪来的浪漫？让人跟你受穷？人家上海人有钱就该娶美女，我这种穷鬼要是找到了美女那不是阻碍了先进生产力的发展方向？还怎么构建和谐社会？每当有人提起她，我的心理都这样想的。

以下为其他网友安慰楼主的回帖，请欣赏：

某网友回复：

我是上海人，遭遇和 LZ 一样。上个月我认识了半年的女友和一个香港人跑了。我收入还可以，有房有车。但那 HK 人不但有房还有辆三菱的跑车，月薪有七八万，够我做大半年的了。最可气的是，我 1.86 米她 1.70 米那个矮子才 1.60 米。事后想想也不怪她，人人都有追求幸福的权利，但作为一个男人只有提高自身的含金量才是正途，不需要自怨自艾。希望能与 LZ 共勉。

某网友回复：

我是香港人，遭遇和 LZ 一样。上个礼拜我认识才半个月的女友和一个日本鬼子跑了。我收入还可以，有房有车，还是三菱的跑车，月薪也有七八万，够 LZ 做好几年的了。最可气的是，我 1.60 米那个日本鬼子才 1.55 米。事后想想也不怪她，人人都有追求幸福的权利，但作为一个男人只有提高自身的含金量才是正途，不需要自怨自艾。希望能与 LZ 共勉。

某网友回复：

我是火星人，遭遇和 LZ 一样。上个礼拜我认识才半个月的女友和哈雷彗星人跑了。我收入还可以，有房有车有飞碟，还有宇宙飞船空间站，月薪也有七八兆。可是那哈雷彗星人开的是激光束啊！最可气的是，我 0.55 米那个哈雷彗星人才 0.5 米，事后想想也不怪她，人人都有追求幸福的权利，但作为一个男人只有提高自身的含金量才是正途，不需要自怨自艾。希望能与 LZ 共勉。

某网友回复：

我是哈雷彗星人，遭遇和 LZ 一样。上个礼拜我认识才半个月的女友和土星人跑了。我收入还可以，有房有车有飞碟，还有激光束，月薪也有七八亿兆。可是那土星人开的是土星光环啊！最可气的是，我 0.5 米那个土星人才 0.05 米，事后想想也不怪她，人人都有追求幸福的权利，但作为一个男人只有提高自身的含金量才是正途，不需要自怨自艾。希望能与 LZ 共勉。

某网友回复：

我是土星人，遭遇和 LZ 一样。上个礼拜我认识才半个月的女友和 M78 星云的奥特曼跑了。我收入还可以，有房有车有飞碟，有激光束，我还有土星光环做交通工具，月薪也有七八万亿兆。可是那 M78 星云的奥特曼不用坐什么自己就能飞！最可气的是，我 0.05 米那个奥特曼有 400 多米，事后想想也不怪她，人人都有追求幸福的权利，但作为一个男人只有提高自身的含金量才是正途，不需要自怨自艾。希望能与 LZ 共勉。

某网友回复：

我是奥特曼，遭遇和 LZ 一样。上个礼拜我认识才半个月的女友和一个重庆人跑了。我收入还可以，有房有车有星球，不用交通工具自己就会飞，翻个身就十万八千里，没有月薪，自己印钞。没办法，女友说我不是人。

用户：我要下载彩铃！

客服：请问要哪首歌？

用户：《菊花茶》！

客服：请问您说的这个“菊花茶”是歌曲的名字吗？

用户：对！

客服：那请问是谁唱的呢？

用户：周杰伦！

（吐血正解：《菊花台》……）

◇◇◇

用户：小姐，我要点歌给自己听！

客服：（查询歌曲过程省略……）好的，先生现在已经为您发到你手机上了，请您挂机就能接收歌曲了。

用户：啊，要挂机啊！

客服：是的，请挂机，再见！

（5秒钟后……）

客服：先生，您的手机没挂好，请挂机，谢谢，再见！

用户：哦哦，好好好！

（10秒后……）

客服：先生，请您挂掉电话才能接听歌曲，好吗？

客户：我已经挂了呀！

客服：（黑线）先生，我是说，请您把电话挂掉，中断通话，这样才能听到的，好吗？

用户：可我已经挂了呀！我已经用耳机把电话挂起来了呀！

客服：（瞬间崩溃）先生，请您按一下您手机上的红色按键……

用户：我试试哦！！

（咔嗒，用户挂机……）

◇◇

问：我想办一个连接显示。

答：请问是来电显示吗？

问：不是，是连接显示。

答：很抱歉，没有连接显示这个业务。

问：哦，办不了是吧？（自己挂掉）

答：……（郁闷当中）

◇◇

用户：小姐啊，我要查一下，一个号码还剩多少钱，你这里能不能查啊？

客服：可以的，请您说一下号码。

用户：哦！可是号码我不知道啊！没有号码能不能帮我查啊？

客服：……

用户：请问联通的服务电话是多少？

客服：10010。

用户：（自言自语重复）哦……11010，谢谢。（迅速挂掉电话。）

没反应过来的客服：……

（5 分钟后……）

用户：你们 114 干什么的啊！！！你们给我的联通的服务电话，打过去怎么报警了啊！！！

仍然是那个客服：……

用户：那啥，俺想下载个彩铃。

嗯，奏叫《番白其之舞》

客服：……不好意思，没有。

用户：怎么能没有哇，新歌啊，奏宿酱紫唱的。

裸赤的黎明独狼已苏醒，

原始的野性弥漫空气，

雄鹰在飞行穿梭于宁静，

tango 的声音随时引爆热情。

那个 LYC 啊！！

客服：哦，您是想要——《潘帕斯之舞》？

用户：你不认识字啊，明明是……

一下子还真不好想啊。

再来一个，琼瑶版的。

客服：请自行用琼瑶语气试听！

用户：小姐，我想知道你们现在有什么新的彩铃？

客服：我们现在的新歌有 ××，×××，××××，请问有您喜欢的吗？

用户：就这么点吗？

客服：当然不是的，您有什么喜欢的歌呢，您可以告诉我歌名，我帮您查一下。

用户：我希望你把你们的歌名统统用短信发给我。

客服：先生很抱歉，我们这彩铃有上万首，要是都给您发过去这不可能的，而且很抱歉我们现在不提供这样的服务。（上万个，发过去你手机受得了吗？）

用户：为什么？为什么不可以？你知不知道，我现在就在山里工作，你知道吗？我和外界唯一的联系就是手机，我这里没有电脑，也没有电视，我只能使用手机，你知道吗？

客服：先生，我很理解您的心情，但是很抱歉……

用户：不！！你不理解！！你坐在办公室里，用你的双手操作电脑，回家对着电视，你有电脑和电视，可是我呢？我什么也没有，我只有我的手机，你能理解吗？不！你不会理解我的心情！！

客服：先生，我……

用户：不！你不明白的！你的双手，在操作电脑，而我呢？我用我的双手，在山里辛苦地工作！而现在，连这一点小小的要求，你都不能满足我！小姐，你知道吗？我是一个音乐的爱好者，而我在山里，听不了音乐，我唯一的途径，就是手机！！这样的心情，你们这些在城市里的人，是不能理解的！！你知道吗？你的双手，在操作着电脑！！（又来了……）

（十五分钟后……）

客服：先生，您的需求我帮您记录了，请问还需要其他帮助吗？？

用户：不用了，但是请你记住，我是一个音乐的爱好者！！我在山里，唯一的途径就是手机！！

客服：……

（注明一下：介个是我接的，十五分钟里他自己叨叨了十四分钟……那个抒情啊，那个琼瑶啊……）

◇◇

客户：请问给小灵通怎么发短信？

客服：请您在号码前加 106+ 区号 + 号码。

（仔仔细细啰唆了 5 分钟后……）

客户：知道了！

客服：请问还有什么可以帮你的吗？

客户：麻烦你给我转下人工台，我没听懂……

客服：吐血。

问：我想取消呼叫转移怎么取消啊？

答：取消全部呼转请您拨打 ××002×。

问：0× 什么来着？

答：××002×。

问：0×02×。

答：不是，是两个 ×，002 一个 ×。

问：0×02×？

答：晕倒！两个 ×，002 一个 ×。

问：什么？什么？说得不清不楚，怎么工作的你啊？

答：……（超级无语。）

◇◇

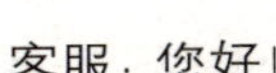

客服：您好！

客户：你好，小姐，我想办理一个彩铃业务。

客服：好的，请问你想要什么歌曲呢？

客户：《一只蝴蝶》。

客服：抱歉，先生。我们没有《一只蝴蝶》，我们这里只有《两只蝴蝶》。

客户：你们是捆绑销售吗？我就只要一只可以不？

客服：不是的，先生。《两只蝴蝶》是歌曲的名字。

客户：哦，那拆开来卖可以便宜一点儿吗？

◇◇

小孩：喂！

客服：您好，请问有什么可以帮您？

小孩：（乱按中）喂！

客服：小朋友，请不要乱玩电话。

小孩：我要交电费！

客服：（小小年纪，能当家了！）小朋友，请不要乱玩电话，如果有什么事情请让你爸爸妈妈打电话，好吗？

小孩：（甜甜地）阿姨！

客服：……

小孩：（继续甜甜地）阿姨……

客服：……嗯……小朋友，请不要玩电话，请挂电话好吗？

小孩：好！（挂机）

（还算听话了，这两声阿姨喊得我都凶不起来了。）

◇◇

还有一个也是可爱版的，呼转电话。

小孩：阿姨，你帮我叫我爸爸 ××……

客服：好的，已经为您记录了，小朋友，请问还有别的话要补充吗？

小孩：没有了，阿姨，我想问你一个问题。

客服：好的，请说。

小孩：你是不是天天都在电话里上班啊？

客服：（哭笑不得，忍。）嗯，这个，对。

小孩：那，阿姨，你每天都要接电话吗？

客服：啊，嗯，是的……小朋友，请问还需要其他帮助吗？

小孩：不用啦，阿姨再见！

（多可爱一小丫头啊！其实嗯嗯啊啊的我也不想，不过我们规定不能和用户闲聊，但是对着这么可爱一小妞，俺也不想非常机器化地挂机，答应一下，太可爱喽）

◇◇

再来一个，BH 型的小孩。

小孩：喂，我要买玩具。

客服：小朋友请不要乱玩电话，有什么事情请让你爸爸妈妈打电话，好吗？

小孩：我爸爸妈妈不在家！

客服：那等他们回来你再让他们打，好吗？

小孩：（高兴地）我爸爸妈妈都死啦，只有我一个人在家！

（直接挂机。靠，这什么小孩啊，这什么家教啊，要是我孩子敢这样，我一巴掌拍死再生一个！）

1. 论坛楼主：我和女朋友的照片，朋友请砸！

论坛回复：植物的性器官插在长角偶蹄类动物的排泄物上……

2. 论坛楼主：我新买了一处庄园，有多大说出来吓死你——我开车绕一圈足足用了两个半小时！！！

论坛沙发：嗯，以前我也有这么一辆破车。

3. 论坛楼主：你们女人大夏天的戴胸罩不热吗？

论坛回复：我们不戴你们会热……

4. 论坛楼主：征集骂人最狠且不露脏字的一句话。

论坛回复：你妈生你的时候是不是把人扔了，把胎盘养大了？

5. 论坛楼主：老爸送我老公一根鹿鞭，大家说这是啥意思？还有照片的说明。

论坛沙发：这是老一辈对青年一代的鞭策啊！

6. 论坛楼主：《神雕侠侣》里小龙女胳膊上的守宫砂是什么东西，干什么用的？

论坛回复：守宫砂是处女膜的桌面快捷方式。

7. 论坛楼主：新闻说某人被蟒蛇吞了，请问在野外真的遇到蟒蛇怎么办？

论坛回复：掐七寸，捅肛门，两个很有效的方法，希望大家广为传播。

论坛回复：捅蛇的肛门还是自己的肛门？

论坛回复：屁话，荒郊野外的拿什么捅！

论坛回复：许仙知道拿什么捅！

8. 论坛楼主：帅有个屁用——到头来还不是被卒吃掉！

论坛回复：帅有士陪，有炮打，有马骑，有车坐，有相暗恋……帅怎么不好？！

9. 论坛楼主：为什么母亲生的孩子要跟父亲一个姓？

论坛沙发：因为取款机里吐出的钱归插卡人所有。

10. 论坛楼主：一位名叫乔治·赫伯特的推销员成功地把一把斧头推销给小 × 总统，因此他获得 2005 年布鲁金斯学会（世界上最权威、最有影响力的推销员组织）的“金靴”奖。假如给你一次机会向奥巴马推销东西，你会选择什么？

论坛沙发：我要把俺娘推荐给他！！！

11. 论坛楼主：美军在 × 不能抽身说明 × 是个负责任的国家！！！

论坛沙发：那我股票被套牢说明我是个负责任的股民。

12. 论坛楼主：你小时候曾幻想过长大以后什么样的场景会让你在众人面前出尽了风头？

论坛板凳：挑一担粪上街，看谁不顺眼就迎面给他泼一瓢！

13. 论坛楼主：我得了健忘症怎么办？

论坛回复：那岂不是很爽？每天早晨醒来发现睡在自己身旁的都是不同的女人。

14. 论坛楼主：大家聊聊双胞胎的事吧，随便什么都行。我爸就是双胞胎，但一个生下来就死了，一个不到四十也去世了。

论坛沙发：你爸是哪个？

15. 论坛楼主：女友总说自己胸小，我觉得还可以啊，请论坛 GG 们帮忙鉴定一下。

论坛沙发：后背上长俩青春痘！

16. 论坛楼主：大家猜猜我是哪个国家的混血儿？

论坛回复：× 国人 + 变形金钢！

17. 论坛楼主：求解梦：昨晚我梦见章子怡了，章子怡说她很喜欢我，可我说我有女朋友了，然后章子怡就哭了。

论坛回复：恭喜楼主变大人了，因为第二天你写的日记叫——《梦怡》！

18. 论坛楼主：哈哈，成功抢注“功夫熊猫”这个 ID，大家说以后我用这个名字是不是很拉风啊？

论坛沙发：你爸是鸭子！

19. 论坛楼主：昨晚遛狗时俺们家大藏獒和小树林边一秃毛野狗咬起来。没想到藏獒竟然大败给一条草狗！！！

论坛沙发：妈的，爷秃之前，他们都叫我狮子！

20. 论坛楼主：大家说我长得像不像伍佰？

论坛回复：只有一半像？！（二百五？！）

21. 论坛楼主：听到一特好听的歌，歌词只记得是“一个芝麻糕，不如一针细”，求歌名啊！

论坛回复：你可知 Macau，不是我真姓……（汗！《七子之歌》记成这样。）

22. 论坛楼主：大家看我的头像牛逼吗？

论坛回复：像。

23. 论坛楼主：我有一百万，想买一辆车，大家给个建议吧。

论坛回复：你可以买 30 辆 QQ，组个车队开，一会排成 S 形，一会排成 B 形。

24. 变态楼主：养条狗和养一个男人哪个合算？

暴强回复：大婶，即使你能把男人当狗使，但你敢把狗当男人使不？

25. 楼主：刚才看到一句话，“女人对男人的感情是从 ML 后开始”，请问这里的“ML”是什么意思？

回复：女人对男人的感情是从马路开始的！

26. 楼主：老婆生了个女娃，非常可爱，求各位帮爱女起个有气势的名字，鄙人姓成。

回复：成鸡思汉。

27. 楼主：我把我家的狗给揍了！地震它也不告诉我，平时叫得那么欢，刚才地震时竟像没事似的在窝里睡觉！

回复：唉，毕竟不是亲生的……

28. 楼主：马伊俐产下一女，因她比文章大九岁，故女儿的小名叫“九儿”。

回复：伍佰的爸爸真惨哪……

29. 楼主：问君能有几多愁？

暴强回复：恰似一群太监上青楼！！

今天，我在银行取钱时狠狠地把一个年轻人揍了一顿！

我搞不懂为什么每次去银行取钱的时候总是看见那些取钱在一万以下的，我搞不懂每次取区区几千能干些什么，几千连一扎钱都不是，难道他们在这个城市就没熟人吗，难道不怕熟人看见他竟然只取几千而丢自己的脸吗？唉，我都替这些取钱在一万以下的人丢脸，你每次取那么一点，我建议你们最好拿个罐罐，在家里地上挖个坑，然后把钱装到罐子里，埋到坑里去，什么时候要钱用了再挖出来拿一点，这样你丢脸只是在家里丢，不会让外人知道了。

今天我去银行打算取点零花钱，于是来到市里的银行，人不是太多，于是我排队，在我胡思乱想打发时间的时候，突然听到我前面的那个人对服务员说我取3000块，我听了登时蒙了，3000，3000，3000，天哪，也亏他说得出口，银行里也有好多人的啊，他这么说也不觉得丢脸吗？我感觉自己的脸都红了，我都替他丢脸了。

可他好像什么事都没有，慢腾腾的，难道他说出取3000块还好意思再这样慢慢地继续在这里让人们看着他，耻笑他吗？换成我，早就打个洞钻进去了。好不容易，他拿好钱要走了，我看了他的脸，天，还在笑，我第一次见到这么不要脸的人。我再也控制不住自己了，拿起脚上穿的意大利 DIEGO DI ROCCO 皮鞋对着他后脑袋狠狠一丢，他被皮鞋砸的“哇”地叫了起来，回过头来看，他看到我一只脚穿着皮鞋，另一只赤脚，就知道是我了。

于是跑过来骂我：“你干吗啊，我惹着你了吗，拿皮鞋砸我干吗？”

我冷眼看着他：“你欠砸知道吗？取 3000 块钱竟然也来银行取，还厚着脸皮不觉得丢人，我都替你丢人。”

他说到：“我取 3000 块怎么着了，取 3000 块就丢人吗？你取得起 3000 块吗？你取啊，有本事你取个 30 万我就倒着走。”

我刚要给这个小子开开眼界的时候，银行进来了一群民工，他们拿着铲子，穿着很烂的衣服，脚上穿着解放鞋，身上沾满了灰尘，估计是附近工地的铲铲队。

这些铲铲队边说话边走进来，声音很大，铲铲队很少进银行，大家觉得很奇怪，于是那小子也暂时不和我吵了，大家都看着铲铲队。

只见一个铲铲队来到取钱的地方，什么话也没说，对着服务小姐伸出五根手指。大家不知道什么意思，都看着他。

只见他对其他铲铲队说：快过年了，在这边累了一年，取钱好回家过年，也该歇歇了。

到服务小姐把钱给铲铲队后，大家大吃一惊，原来取的是五扎钱，五万块。在大家目瞪口呆的时候，铲铲队走出了银行。

这时我对那个取 3000 块的小子说：“看到了吗？铲铲队一次取钱都是以扎为单位，而你竟然一次只取 3000 块，真的不觉得这很丢脸吗？”

显然那小子被我说中了心思，低着头，可是他还嘴硬，反驳道：“那你自己来取钱你自己就不觉得丢脸吗，你一次就取很多吗？”

我听了，优雅地一笑，从衣服里拿出存折，拿到他面前让他看：“仔细看看吧，看看 7 后面跟了几个零吧，好像是 8 个零也好像是 9 个零，昨天睡得太久了，记不清了。还好我拿的只是零花钱的存折，如果拿的是做生意的存折，存折的一行根本放不下那么多零的。”

他看得目瞪口呆，脸色一下变得煞白，一言不发，把 3000 块往地上一丢就走了，显然他也觉得来银行只取 3000 是很丢人的了。

而我，则从地上拿起砸他的皮鞋，优雅地穿起来，然后对着服务小姐优雅地一笑，优雅地说：“我取 3800 万。”

今天超市收银员说的话极其侮辱了我，被我打了一耳光！！！

今天去超市，想买一把铲子，后来选了一把38块钱的，看起来质量不错，挑东西应该不会断的，于是就去付款处了。轮到我时，我想都没想，拿出一扎钱丢给收银员就走了。收银员叫住了我，我以为她要给我小票，于是说："小票不要了。"

收银员说："不是的，先生，还要找你钱。"

我说："不要了。"

她说："先生不行，我们这里有规定的。"

我火一下子冒上来了，但忍住没发作，说："那你倒说说该如何找我钱？"

她边说边取出零钱来，说："收你1万元，铲子38块，找你9962块，这是钱，拿好，谢谢，欢迎下次光临。"

我一下子就把那62块钱丢到地上，说："我长这么大还没用过这么小面值的票子，我觉得丢人。"

然后我指着那99张百元大纱，说："你说这沓钱该如何花出去，我用钱只会一扎一扎地用，我还从来没一张一张地用过。"

收银员显然被我吓住了，吞吞吐吐地说："先生，这99张也可以扎起来啊，这也是一扎钱啊。"

听了这句话，我感觉自己受到了莫大的侮辱，控制不住自己了，一个耳光就甩了过去，很清脆的一声，周围的人都听见了，不敢做声。

我对她叫到："你出什么烂主意，竟然要我把99张钱算成一扎？你这不是存心叫我丢脸吗？让别人看见了你还要我怎么有脸在大街上走。99张钱算一扎，和用假币有什么区别？"

收银员在哭泣。

我看着也有些不忍，她可能刚从农村来，确实不懂规矩，于是我就想算了："哎，看你也不太懂事，这些钱你自己拿去。但是你要记住，以后我就算来这里买根针，给你一扎钱，你都不要说什么要找我钱，记得了吗？"

收银员连忙点头，拿着钱一言不发。

于是我走了。

奇怪真的有人竟然连法拉利都买不起吗?

最近我在网上活动比较多，我实事求是地说了我开的是法拉利，有些网友竟然认为我说的是假的，还讽刺我连法拉利见都没见过，或者我开的只是模型？说什么法拉利不是一般人开得起的。其实我这么说没吹嘘的意思，我就奇怪了，莫非这些网友真的连法拉利也开不起吗?

上次有个人曾在我面前感叹道：唉，生活太艰难了，我现在过得很艰苦的，我现在也没什么想法了，以后如果能开得起桑塔纳也就满足了。

我听了这句话登时就怒发冲冠，一个耳光就打了过去，结果这个人气都不敢吭一声，嫌不嫌丢人，以 10 万的便宜货为目标，这样的话干脆以当铲铲队为目标更好。我还算打得轻的了，如果他是我儿子，我会打得更重，说出这样的话的儿子，也真算没积福了。

如果你是 20 世纪 70 年代以前出生的，你开不起法拉利倒还可以原谅，那个时候法拉利还不流行于中国呢。(如果你年纪还不到 20 岁那也可以原谅，毕竟太小了。)

连法拉利都开不起，那你工作还有什么意思呢？你算有什么本事呢？那我只好劝你回家睡觉算了，你奋斗一生却只能开个本田、蒙迪欧这样的便宜货，到街上还得意扬扬的，却没看到路人向你投来鄙夷的眼光，你不觉得丢人吗?

工资连买法拉利都买不起，这样的工资领来有什么意义呢?

我被一个流氓偷拍了裸照，我欲哭无泪！怎么办?

我和一个女生玩得比较好，这个女生很漂亮，我这个人人缘比较广，所以和她在一起玩得很疯，我们无话不谈，可能是日久生情吧，她有一次开玩笑地说要做我女朋友(可能也只是纯粹地开玩笑，是我自己多情了)，当时我已经有女朋友了，所以就开玩笑似的拒绝了。我不知道她提出的时候到底是真的要做我女朋友还只是开个玩笑，反正这件事没有影响我们，我们还是像以前那样很好地玩。

有一次她约我和她去逛街，逛着逛着突然下起了大雨，我和她都被淋湿了，她家比较近，于是就去她家去了。后来她叫我去卫生间洗个澡，说不然会感冒的。于是我就去了，她帮我把衣服烘干，雨停后我就回去了。

又过了段时间，她过生日，所以约了好多人去她家一起玩，我也去了。吃完蛋糕后，大家都在客厅里看碟，我不喜欢看碟，于是去另一个房间玩她的电脑去了。

她电脑里有很多好玩的东西，我就瞎看！就在我打开她的电脑播放器的时候，发现在最近浏览的目录里有些电影文件，就打开看看，一看不要紧，我简直不敢相信里面竟然是我那天在她家里卫生间换衣服的片段，我赶紧按照那个目录找出了其他文件，文件隐藏得很深，我一一查看！里面竟然有我洗澡的、上厕所的所有视频文件，有些竟然还有局部特写！我明白怎么回事了！她在卫生间里装了摄像头，竟然无耻地录下了我在她家里的所有隐私的东西！我当时感觉头都晕了！我当时就很想冲出去质问她，可是，那么多人都在，传出去我得多丢人啊？再说如果质问的话，其他人肯定都会看到这些让我羞耻的视频，怎么办？！

在她家里好危险啊！于是我找了个借口，就匆匆离开了她家，我走在路上，魂不守舍，我在她家卫生间的一幕一幕在我脑子里跟放电影一样，我所有的隐私，让我引以为豪的身体！我更衣，洗澡，甚至小便，还有隐私部位的特写，都让这个衣冠禽兽给拍了下来，当成一部三级片一样让她欣赏，我有些想吐，可吐不出来，我竟然又想起一个更要命的，我竟然没有删除那些视频，当时已经蒙了，连这个都没有想起来，我想折回去删除，可是实在没有勇气再回到那个让我害怕和恶心的地方。

我仔细想了想，原来上次她这么热情要我去洗澡，那么热情帮我烘干衣服，原来都是一个陷阱。

我不知道该怎么办了，我现在还是每天都看到她，我都像见到鬼一样躲着，她竟然还装得道貌岸然！装得什么都没发生一样，还是像以前那样和我开玩笑。

我真的不知道怎么办了，我欲哭无泪。希望大家快帮帮我！我下一步应该怎么办啊？报复她？还是默默承受！毕竟她自己还不知道我已经看到了一切！怎么办？我该怎么办？

今天，一个考上了北京大学的研究生被我狠狠揍了一顿。

今天，无所事事，于是就来到大学城里闲逛，像我这样优秀的男人，走到哪里都会引起人群的风波的。果然，路上的MM纷纷把目光投在我身上。经过女生宿舍时，一群群的女生趴在栏杆上望着我。而我则绅士地向那些对我抛媚眼的MM微笑致意，更引起了女生的阵阵尖叫。

十分愉快地步行，这是开法拉利时所忽视了的。突然，只见远处走来一个大学生，手里拿个信封，走路疯疯癫癫，边走边不停叫着："我考上了，我终于考上了。"还时不时对天一阵大笑，手舞足蹈。行人纷纷侧目，以为是疯子。

他继续发疯："我考上了，哈哈哈哈，我终于考上了研究生。"

我看着他发疯地表演，一声叹息，现在考研的人真不容易。正想着，他从我旁边经过了。他和我擦肩而过时，突听他又叫："北大，我终于考上了北大。"

我听了这句话顿时火冒三丈，我还以为考什么好大学让他如此高兴呢，原来是北京大学，这样的大学也好意思在大街上向大家宣布，难道不觉得丢脸吗？换成我，早找个地洞钻下去了。

我于是脱掉脚上的意大利DIEGO DI ROCCO皮鞋，对准他后脑袋狠狠一砸。晕，居然像砸在石头上，没任何反应，他还是继续疯疯癫癫向前走："我考上了，终于考上了，我考了398分啊。"

我听了后更气愤了，398分这样的分数都好意思拿出来说，连400分都没有还好意思来考研。

于是我从口袋里拿出一扎钱对准他后脑袋使劲砸去，没反应，再砸，还是没反应。再砸，砸了三扎钱后，总算把他砸清醒了。

只见他怒气冲冲地走到我面前，问到："你没事砸我干吗？"

我平静地对他说："考研不是你的错，但考北大这样的学校的研就是你丢脸了，考上北大的研居然还好意思出来炫耀就是错上加错了。"

他叫道："那你给我考个北大看看，你要知道我考了398分，你去考，你考个350分来我就倒着走。"

我叹了一口气，望着天，想起了三年前自己在康桥的美好回忆，那里有一个我深爱的女子。其实，泰因河畔，Widener Library，University of London 的 QM 我都有过美好的往事。可是，毕竟往事不可追。

那个大学生看我没说话，以为把我说得没话说了，更加猖狂了，骂到：“怕了吗？你也不看看我考的是什么学校，398 分有几人能达到？”

正骂着，一群铲铲队出现在我视野里，脚穿解放鞋，衣服和裤子好像几年没洗了，肩上扛个铲子，这样的装饰在大学里显然是不合群的。

铲铲队也看见我了，纷纷走过来向我打招呼。

一个铲铲队看到我赤着一只脚，连忙脱掉鞋子，要把他的解放鞋给我穿，我摆摆手，拿起砸那个大学生的意大利 DIEGO DI ROCCO 皮鞋穿上了。

我问铲铲队怎么到大学里来了。

铲铲队说：“法哥，最近这个学校要修计算机楼，所以我们就到这里来了。”

我看到他们一人手里也有一个信封，于是问他们这是什么。

他们脸红了，扭扭捏捏地不肯说。好久一个铲铲队才说：“法哥，我们是 9 月来这个学校的，本来一直干活，没时间做其他的，可是到了 11 月工头和学校有资产纠纷，就停止建房了，于是我们整天无所事事，好无聊，看着刚好是考研报名，就好玩地也去报了。后来都把这事忘记了，到快考时才想起这事，我们想这报名费可不能白打水漂了，于是看了一个星期的书，就去考了。这信封里就是我们的考试成绩。”

我把所有铲铲队的信封看了看，都是考清华大学的，425 分，431 分，456 分。怎么都是考清华，我带着疑惑的眼睛看着他们，他们看到了我眼中的怀疑了，连忙解释道：“法哥，没办法的事了，没多少时间看书，根本来不及，不得已才报清华这样的学校啊。”另一个说：“要是我们多点时间，肯定报其他学校了。”

我说：“这也没什么，考上了就别浪费了，去读吧。”

铲铲队一听，都吓慌了，说到：“法哥，你这不是害我们吗？我们只是考着玩玩的，肯定不会去读的。真的要读的话我们报名时绝对不会报这样的学校了。法哥，你可千万别让我们去读，这不是白白要糟蹋我们的时间吗？”

突然见一个铲铲队拿出打火机，异常敏捷地把铲铲队所有的成绩单全部烧掉了，他说道：“法哥，成绩单我们烧掉了，复试也不会去的，你放心。”

我“嗯”地点了点头，不愧是铲铲队，也知道宁缺毋滥的道理。

然后铲铲队走了，我看着一旁瞪着眼睛不知所措的那个大学生，说道：“怎么样，你看看连铲铲队考清华考了400多分都不去读，你考个398分考了个北大还好意思到处说来说去，也不觉得丢脸？”

很显然，他被我说中了心事，脸色煞白，也从口袋里拿出一个打火机，把信封烧掉了，然后一言不发地走了。

今天去银行只是取区区10亿人民币，整个银行竟然没这么多钱，愤怒！

这家银行真的是饭桶，你作为市里的堂堂正正的银行，竟然不在银行多准备一些钱，竟然我来取钱你没这么多，干什么去了。这次还算我取得少，如果我像平时一样取100亿元，500亿元，你却只能给我个零头，你不丢脸我还觉得丢脸呢。

今天醒来后，数了一数箩筐里的钱，只有几十扎了，快用完了，于是我打算去市区取钱。

到了建设路口，看见铲铲队的兄弟门又待在路边等活做，于是我对他们吆喝：“兄弟们，帮我去挑东西去，工资绝对不会亏待你们的。记得铲子和箩筐全部带去。”

铲铲队的听了全都跟着我走，于是我走到了建设银行。

工作人员看我带着一群民工进来了，很不高兴，要他们在外面等，我火一下子冒上来，从兜里拿出一扎人民币就往她脸上丢。

我骂到：“嫌我们没有钱怎么着，我用钱打死你。”

这个女工作人员被吓住了，从地上捡起人民币就跑了。

我对柜台里的工作人员说：“我取10亿元。”

工作人员和旁边要取钱的听了好像看着外星人一样看着我，眼睛瞪得大大的，好像我取10亿元是什么千古奇闻一样。那我取100亿元的时候你们岂不是要跳河？

工作人员呆了好久，和领导又商量了好久，对我说：“对不起，我们整个银行都只有8亿元，没有10亿元这么多。”

我怒了：“你们银行怎么搞的，竟然只有8亿元，你们银行还开不开？”

后来银行行长和我说了好久的情，我的气才消了，就决定只取8亿元了。

大概搞了好久，才把8万扎钱放进了100多个箩筐里（我叫来了70多个铲铲队，他们每个人拿个铲子和两个箩筐），然后铲铲队跟在我后面，用铲子挑着装满人民币的箩筐在大街上走。

行人看到了箩筐里装的全部是百元人民币，很诧异。我心里想：一群井底之蛙。

后来铲铲队帮我把钱拿到我豪华别墅里了，我给了每个铲铲队几扎人民币。

这个月，清华、北大、复旦先后要求我去它们学校就读，都被我拒绝了。

可能是我全才的缘故（我对经济、物理、计算机、文学、历史、音乐、生物、化学等各个领域都有非常高的成就），所以这几个学校都想叫我去就读。

先是在10月5号，清华发来了邀请函，希望我去清华大学计算机系读书，我回了电话，说现在都开学一个月，这么迟还行吗？清华的负责人告诉我："没关系，只要你来，就算迟半年也没关系。"然后我又问："如果我到你学校读书，有什么好处吗？"

那个负责人马上说："只要你来，我们第一给你来一个优秀新生特等奖，奖金是20000元，然后每年保证给你校长奖，一年是7000元，并且每个月发500元生活费。"

我又问："那发不发车？"

负责人说："你要什么车？我们可以给你配本田，宝马等。"

我打断他的话说："我只想要法拉利。"

负责人犹豫了好久说："你知道我们经费不是很充足，法拉利可能配不了，奔驰如何呢？"

我说："不行，要不免谈。"

负责人说："那你等几天，我要去和领导商量一下。"

后来几天他打电话来说对不起，说领导不同意配法拉利。我心里在冷笑，还说重才，一辆法拉利都舍不得配，这样的学校不去也罢。

10月17号，北京大学经济研究中心也打来电话，希望我去北大读经济，诱惑的条件比清华还诱人，但是也是因为不肯给我法拉利，被我拒绝了。

10月23号，复旦也打来电话，希望我去那里研究生物，也因为同样的理由被我拒绝。

连续拒绝三个学校，我没什么好遗憾的，连法拉利都不舍得给我配的学校，我有必要去读吗?

月薪只有区区几百美元的工作，竟然真的有人愿意去做!

前两个月的时候，我无聊地在人才市场转悠，发现了一个前所未闻的现象，这里招聘者开的工资竟然都只有几百美元，几乎没有超过一千美元的。我当时简直要惊呆了。

天哪，世界疯狂了啊，这可是人才市场啊，不是劳动力市场，竟然还是几百美元月薪的工作。连铲铲队的月薪早就几千美元了啊，这几百美元的工作也有人愿意去做。

看着那些蜂拥的稚气未脱手里拿着简历拼命往前挤的大学生，我突然觉得他们很可怜，真的很同情他们。毕竟他们的父母辛辛苦苦供他们读了将近20年的书，到最后却竟然为了一个区区几百美元月薪的职位而争得头破血流，到最后月薪竟然只有铲铲队的五分之一，那20年的书岂不是白读了吗?我记得失业者领失业保险的话，一个月都不会只有区区几百美元的啊。

在我的朋友圈中，我的那些朋友聚会，问工资时不是问“你一年可以拿几十万美元”，就是“你周薪多少”等这样的问题。我朋友一提到月薪，想到的就是多少万美元，而把几百美元和月薪联系起来，在我们看来简直就是不可想象的。

真的很震惊，区区几百美元的工作竟然真的有人愿意去做。

那些开桑塔纳汽车的人啊，上高档住宅你们不觉得丢脸吗?!

今天，天气很好，开着法拉利一路高歌，打算到处玩玩。正开着的时候，突然看见前面有一辆便宜货——桑塔纳 2000，我一看火就冒上来了，这样的便宜货也好意思开上街，难道就不觉得丢人吗？我当时就有拿车里放的铲子去砸那辆便宜货的冲动，可是桑塔纳 2000 是 70 迈时速开着，总得等他停下来砸吧。

于是我就跟着它，后来把这便宜货超过了，我在桑塔纳前面故意减慢速度，左扭右扭，桑塔纳连个屁都不敢放，哈哈，怪不得我，谁叫你开这样的便宜货呢。后来我按了按钮，让这个开桑塔纳的听听法拉利引擎的轰鸣声，这种轰鸣声除了在我的法拉利里能听到外，就只能在 F1 赛场听到了。让这个开桑塔纳便宜货的开开眼界。

后来我觉得累了，就开车回欧陆经典小区，打算回我的豪华别墅休息休息，可是没想到桑塔纳也往欧陆经典小区开。天哪，不可想象，我竟然和一个开桑塔纳的住在一个小区里，我明天就得搬家。

开到大门口时，保安一见我的法拉利，立即身腰挺得笔直，向我敬礼。这就是开法拉利的人所拥有的受人尊敬。我把法拉利开回别墅后，就慢慢散步来到大门口，发现桑塔纳被卡在门口，开桑塔纳的在和保安吵。

只听开桑塔纳的说："你们真是有病，我就是住在这里的，你们干吗拦我？"

一个保安说："对不起，保护小区的安全是我们的责任，所以不能让你进去，住小区的没有开桑塔纳这样的车的。"

桑塔纳大叫："我就是住 23 号别墅的，不信你可以进去问问就知道的。"

保安说："那你拿你的证件让我看看。"

桑塔纳说："我没事干吗随身带证件啊。"

他们吵的时候，我走了过去，保安见了我，一个个哈腰点头的，一个保安给我递了一根极品芙蓉王，我摆摆手，这种劣质烟我从来不抽的，我拿出 Treasurer 牌香烟，点火抽着，然后定着眼看着那个开桑塔纳的，桑塔纳被我看得发毛，说："你干吗啊？这样看着我。"

我说："对，我觉得你很可疑，瞧你自己长得一副鼠样，一看就不是好人，而且在欧陆经典小区里，不可能住开桑塔纳的，你的身份很可疑。"

他叫到："那先等我开进去，等下让你看我证件，

你们就会相信我了。”

我说:“不必了，我一看就知道你今天是先来踩点的，好晚上来偷东西。我听附近的铲铲队说他们工地里的铲子被偷了很多把，解放鞋也被偷了很多双，我估计就是你干的。”

我又回头对保安说:“保安，把这个人的车扣了，把人抓起来，送到派出所去，看看他到底偷了多少东西，不然我们这里不安全。”

保安齐声答应，桑塔纳一听不妙，赶紧一溜烟跑掉了。

呵呵，开便宜货就是丢脸。

今天，几个 MM 见了我，吓得饭都不敢吃了!

今天，我一时心血来潮，打算去大学体会一下大学生活，毕竟离开校园这么久了，回去看看也好。

来到华理工，刚好是吃饭的时候，于是我就去食堂，食堂最能体会校园气氛。

我于是打好饭菜，坐在一个位置上吃了起来，吃着吃着，我突然觉得不对劲，对面坐了好几个 MM，本来她们是边吃边说笑的，可是现在都一动不动，定眼看着我，都不吃饭了。

我不知道我哪里不对劲了，于是我细细打量了一下自己，没什么地方不对啊，我的法国定制的夏尔凡衬衫穿得整整齐齐啊，脚上的几万美元意大利裁缝店做的皮鞋好好地穿在脚上啊，没什么不对啊。

我仔细看了这几个 MM，我发现她们都含情脉脉地看着我，眼里发着光，我问她们为什么这么看着我，只听一个 MM 噙着泪水，好久才说出来:“你太帅了，我从来没见过你这么帅的男人。”

另一个 MM 说:“我们都不敢在你面前吃饭了，生怕一时嘴张大了，或饭掉出来了，毁了我们在你心目的形象。”

还有一个 MM 问我:“你有女朋友了吗，我可以做你的女朋友吗? ”

哦，原来是这样啊，我恍然大悟，不过我也见怪不怪了，谁叫我是人见人爱，花见花开，鸟见鸟呆的优秀男人呢?

想把现在的女朋友甩了，可是她实在黏得太紧，苦恼！

女人甩男人时，男人不敢有半点怨言，不能去女人的办公室大喊大叫，不能去找女人的领导，不能去女人家中苦恼，只能一个人把苦痛咽到心里去。

上个月我和女朋友分手时，我以为女人也只会自己承受痛苦，但我没想到她到我的办公室里大闹，吵得同事门都无法工作，几个人拖都拖不走她，最后害的领导出来看，整个办公室的人都知道了。我的人际关系就这样被她搞糟了，尤其是女同事一个个都不给我好脸色。

她还不停地发短信给我，反正就是，“我很爱你，我不能失去你，失去你我就不如去死。”或者就是威胁我如果甩她，她就要让我家人，朋友全部知道之类等，还说要去公共安全专家局告我。

唉，我真的是被她搞得鸡犬不宁，我真的怕了她，我打算再坚持一星期，如果她还是如此有精力地闹的话，就还是和她在一起吧，没办法，女人真的难对付。

想到这，觉得世界对男人真的不公平，女人甩男人时哪个不容易啊，就像吹去衣服上的灰尘一样，被甩的男人不敢有半点伸张，更不要说去到处闹了，因为男人怕别人认为自己没用，窝囊。

但男人甩女人真的难啊，女人就像口香糖黏在衣服上一样难甩掉。

觉得男女真的不平等。

我经历过，所以发自身心的体会。

对镜端详自己，越来越觉得自己天生是做领导、做伟人的材料！

昨天晚上和一白领丽人飙车飙得太晚了，所以今天睡了好久，快中午的时候才起床。起来后，住着1000多平方米的房间，豪华的装饰，突然觉得心里空落落的。

我每天都过着住豪华别墅，一个月50万零花钱，开着法拉利，玩着顶极手表的生活，这样的日子腻了，就拿把铲子，和铲铲队的兄弟们去马路边等拖拉机经过找活做，或者就以我的才华和帅气吸引白领丽人胡混日子。

天哪，上帝把我造得如此优秀，不是让我来虚度光阴的啊！我怎么可以这样。

想到这里，我心烦意乱，拿起桌子上的刚从香港拍卖会上 1500 万美元拍来的宋代青瓷花瓶就往地上丢。看着这些碎片，我心更乱了。

拿起镜子来，也想丢，突然我似乎发现了什么，于是仔细往镜子看去。

镜子里的我看起来还是那么帅，那么有才气，可是这些都不能让我高兴了。端详了许久，我突然发现了，我以后绝对是做领导，做伟人的材料。

看那头发，那平整的中分头，是那么的有型，头发根根直立，显得朝气蓬勃，随风而漂动。哇！如此伟人的头发，也只有我能长出来。

再看那眼睛，威严勇猛，一看就让人心生胆寒之意，这种凌厉的眼神对谁望去，谁就得乖乖听话。这双眼睛不正是管理下级的最好武器吗？哇！如此伟人的眼睛，也只有我能长出来。

再往下看，看那胡须，粗而不密，长而不弯，再和我那威猛的嘴巴配合起来，一看就是伟人才能长出来的。

我仔细来回地端详了自己许久，越看越觉得自己以后能当领导。我心情顿时大好，大踏步走出了房间，来到别墅花园里，脚步似乎比以前更意气风发了。

看着保姆，我用我那凌厉的眼神看着她，她也变得更听话了，乖乖听从命令。

女朋友则用崇拜伟人的眼光看着我！

我这样完美的男人，可以说世界上没第二个了！

我具体是怎么个优秀法呢？嗯，简单大概地来说，有以下几个优点：

1. 身高 188 厘米。

2. 家产 25 亿（本人开着法拉利）。

3. 如果世界上最帅的人是 100 分，最丑的是 0 分，我帅气的程度达到了 97 分以上。

4. 如果世界上最聪明的人是 100 分，最蠢的人是 0 分，我聪明的程度达到了 97 分以上。

5. 成熟得一塌糊涂。

6. 身材很好，增之一分则太肥，减之一分则太瘦，肌肉适度的发达，是那种一让女孩子看见就有幻想的身材。

晕死，求老爸买宾利竟然被拒绝了。

昨天，我去找老爸，叫他给我 1000 元钱，说去买宾利。（我们圈子里的人为了方便，都把“万元”说成“元”，就像天文学里面用光年这个词。）我老爸竟然拒绝了，还问我每个月给我 100 元零花钱都花到什么地方去了。还说家里不富裕，只有 30 万元的财产，不能乱花。

一口气逃出来，妈的，不给就不给，自己花自己钱去买。可是上个星期乱花钱玩花了 50 多元，口袋只剩 5 元钱了。算了，买奥拓算了。最后买了个奥拓。

还别说，开起来还蛮爽。

说到玩游戏，我是独一无二的全才，是空前绝后的天才！！！

CS、星际、帝国时代、雷神、魔兽、实况、街霸、红警、荣誉勋章、KOP95—2002、泡泡堂、劲乐团等游戏，我随便玩哪一样都是高手，至今没碰到能打败我的人！可以说这些游戏我都是天才，都是第一。（可能星际打不过 YELLOW，魔兽打不过荷兰那个家伙。）

传奇我是最早练到 40 级的几个玩家之一，当有些玩家拿着菜刀对着大部分拿修罗的玩家得意扬扬的时候，我已经默默地拿着裁决在练级了，而当其他玩家对着裁决欣喜若狂时，我很平静地从地上捡起了屠龙。后来传奇练到了 47 级，沙芭克的帮主当了 1 年，突然觉得没意思，号卖人了。

英雄无敌不作弊，所以地图都是 2 个月之内搞定，包括网上流行的那些高难度挑战性地图。

暗黑不用挂杆一口气能玩过 3 种难度。

三国群英不用说了，20 年之内统一全国。

扫雷高级需要53秒（世界记录是41秒，我还差得很远，要继续努力。）。

魔兽世界，呵呵，我现在也正在玩这个，（不能免俗，惭愧。）这里的所有高手在我看来都是小字辈，装备最先拿到顶级装备，等级最先练到最高级。

天堂，到现在对我来说已经没任何挑战性了，所以不玩了。

奇迹，最早的玩家，最初时靠卖祝福赚了人民币上万，等祝福不值钱时，我已经身上全部是加9追12的了，后来外挂横行，就不玩了。

大话西游，仙剑，传奇世界，龙族，都是里面的风云人物。

合金弹头系列，都是不挂一杆就通关。

我怎么跑得比刘翔还快2秒多？

最近一年总是听到大家说“刘翔”，后来慢慢知道他是跑110米的。靠，原来和我是一家，只是多比我跑10米。（我是校运动员，专跑100米。）

有一天我忽然心来血潮，想知道如果自己跑110米会是什么结果，说干就干，我用米尺在100米跑道的终点再自己加量了10米，就是110米了。

然后我用自己跑100米的常用动作：微闭着眼，稍稍抬着头，用力甩两臂，只管往前冲，最后一看时间是：10秒87。

怎么回事，听说刘翔跑得最好成绩也只是12秒91啊，我怎么比他快这么多？（我跑得绝对是110米，我量了好多次的；给我计时的秒表绝对也不会有误差。）

我想问大家：刘翔跑110米难道不是一马平川地跑下去？难道故意要在这110米中间加什么障碍，比如沙丘，栏杆什么的？或者穿的跑鞋必须很重？

我很困惑，我怎么跑得比刘翔快这么多？

今天的事让我气愤不已，本来，你区区一辆10万元的破桑塔纳就不该开到大街上丢人现眼，不该让大街上行人投来鄙夷的目光：这个人怎么搞的，桑塔纳也好意思开到街上来。如果你非要开桑塔纳上街，那拜托别拉孩子一起，你丢得起这人，孩子还丢不起呢。

开着法拉利，累了，于是想到停车场停一下车，本来呢，停车场也有很多空位，我可以找一个空位的。可是我一看见那34号位的一辆satana2000，我的火就一下子冒起来了，我记得上午我来取车时这辆车就停在这里，我就有想砸的冲动了，到现在下午6点多了还停在这里丢脸。我都替开这车的人丢脸。

于是我跑下车，对着那车就是提脚猛踢，踢得砰砰有声，大家都好奇地看着我，都围拢过来了，不知道我为什么这么恨这辆车。

正踢着，一个人突然跑过来，使劲推开我，差点把我摔倒，大声骂我："你TM的有病啊，踢我车干吗？"

我回骂："你他妈才有病，开这种10万的车出来，你不嫌丢人我都替你丢人。"

他又骂："我丢人不丢人关你什么事了，我爱开10万的你怎么着？"

我指了指他旁边的妻子和躲在他妻子背后吓得哭泣的孩子："你不嫌丢人，可是你想过她们吗，你想让你孩子以后在学校被同学取笑，被同学辱骂，说他的爸爸竟然开个桑塔纳上街？"

他开始退缩了，显然被我说中了。

他说："那你开什么车呢，你就不丢脸吗？"

我指了指背后的法拉利，他看到我的车后，顿时脸色变得煞白，赶快退出圈子，拉着妻子的手往回走。

我在后面喊着："你的车不要了？开回去，别放在这里让我冒火。"

他回道："不要了，谁爱要谁拿去吧。"

这人真是莫名其妙，本来我想这事也就这样算了，可是10万元的便宜货停在这里老子硬是生气，最后一个电话叫交警拖走了。

一天的好心情被桑塔纳搞臭了。

经过几年苦练，我终于练成了绝世武功——蜻蜓点水！

练的时候很辛苦，一开始是用树枝，就是在地上铺一层厚厚的树枝，然后从上面飘过去，刚开始总是一来脚就陷到树枝里面去了，后来慢慢地可以成功过去而脚不陷进去了。

然后用细沙练，练的方法一样，最初也总是搞得两脚都是沙，后来就能成功点过去而不陷进去了，不过总是留下很深的脚印，到后来慢慢地脚印就变小了，再以后就根本不会留下脚印了。

细沙练成功了，不满足，又把沙和水混合起来，这样难度更大，不过经过我苦练，也终于成功了。

最后最关键的时候到了，我来到宽 20 多米的沱江边，后退，深呼吸，加速，当第一只脚刚刚触水时，我轻轻一点，成功阻止了脚继续下陷的趋势，然后第二只脚也如此点，不过当我刚成功蜻蜓点水般点过几步后，却突然一下子掉到水里去了。晕，搞得都感冒了。

我不灰心，继续练，刚开始总是只能点几步，后来慢慢地可以点七八米远了，到最后能成功地用蜻蜓点水点过河了。

后来我不满足，来到一些更宽，水流更急的河边，最初也总是掉到河里，搞得全身都湿透了，后来也成功点过了，脚一点都没湿，就脚底板沾了点水。

我的下一个目标：用蜻蜓点水点过长江。

我知道一开始肯定会有失败的，但我不会灰心，我要一直努力，直到成功。

话说师徒四人走在取经路上，走的时间太长，人类科技已经迅猛发展了，神州到处都是手机移动基站，有一天走到一个驿站，看到“移动神州卡，一边取经一边打”的条幅，禁不住诱惑，就把紫金钵卖了，一人买了一部手机。

猪八戒一边走路，一边发短信给高老庄的娘子，同时跟蜘蛛精、蜈蚣精打情骂俏。

孙悟空的老家离大陆太远，还没有安装基站，所以花果山的猴子猴孙跟他联系不上，他很生气。

唐僧平时没什么人要打，只是不断地在手机上用账本管账，馒头三个，咸菜两根……

沙僧比较精细，一边走路一边用手机照风景，然后在互联网上发表游记，同时赚稿费，取经路还没走到一半，他已经是知名游记作家了……

有一天走到一个小妖洞，妖怪出来劫道，孙悟空不慌不忙，连棒子都懒得提，直接给 110 打个电话，Police 哥哥就把妖怪抓走了……

狮陀洞的三个妖精刚露面，孙悟空就拨通如来的电话:“如来吗？你们家的鸟、狮子、大象都跑出来了，赶紧把他们收了，不然我到动物园！告你虐待动物！”

唐僧每天给如来打个电话，喋喋不休，报告路上的艰难，如来不胜其烦，告诉手下:“赶紧把你们的妖精收了，让唐僧快点走，不然每天抱怨一回都快把我烦死了。”

到了五庄观，镇元大仙把人参果奉上，猪八戒这回可精细了，拿出手机，在人参果上翻来覆去地看，大仙奇怪，问他看啥，八戒说："找防伪标签打假货识别电话呀！"

四人到了一户寡妇家里借宿，半夜睡得正香，四人的手机都响了，不约而同地响起一个声音："请问要找小姐吗？"孙悟空不耐烦地说："黎山老母，南海菩萨，别装了，我们不会上当的，我认得你们的手机号码。"

白骨精变成一个美貌女子，提着装满食物的篮子，想诱惑师徒四人上当，一直沉默的唐僧突然哈哈大笑，指着这个女子说："她是妖精！"孙悟空好奇地问道："怎地师父也有火眼金睛？"唐僧骄傲地举着手里的手机说："我这手机的摄像头有红外透视功能，五千两银子不是白花的，嘿嘿。"

猪八戒偷看盘丝洞的蜘蛛精洗澡，被妖精用丝缠住了，一向懦弱的八戒不屑一顾，打开手机，播放了一下驱虫的铃声，在阵阵超声振荡波中，蜘蛛精八爪抽动，纷纷翻了白眼。八戒从网里出来说："小样，你们还以为自己是蜘蛛侠呢？"

四人到了通天河，见河面宽阔，一时难过，就到了陈老头家里借宿，陈老头诉苦说这河里的妖怪要吃他们家孩子，孙悟空大怒，给神州打击拐卖妇女儿童办公室打了个电话，过了半天，妖怪就挂了……四人乘着一只巨大无比的老鳖渡河，老鳖没别的请求，只想知道自己什么时候能得人身，猪八戒平时惯爱玩这些八卦玩意，打开手机，找了一个算命程序，输入老鳖的生辰八字，算了算说："八百五十年之后，等着吧。"

四人来到一户农家化缘，那农妇一看见四人腰挎手机，全是最新型号的，生气地说："这么有钱买手机，还用的着要饭？"唐僧不慌不忙地说："不瞒大姐，我们都是上边派遣下来下基层锻炼的，这手机是 GWY 的待遇，可不是我们私人的。"农妇一听"上边"，吓得赶紧把饭给了他们。

唐僧怀疑孙悟空用手机跟如来说他的坏话，就把孙悟空赶走了，孙悟空满脸郁闷，到龙宫做客，龙王一见孙悟空腰挎手机，羡慕得紧，也想买一个，孙悟空笑话他说："水里没信号，你买了有个屁用？"说毕，把金箍棒从耳朵里抽出来，扔还给龙王，说："自从老孙有了手机，再用不到这玩意了，还你还你！"

唐僧手机的铃声是一段《菠萝蜜经》，闹钟是一阵当年他寺里的晨钟声；孙悟空手机的铃声是《男儿当自强》，闹钟是一段当年花果山的百灵鸟的叫声；猪八戒

手机的铃声比较俗《月亮代表我的心》，闹钟是一声大喊“吃饭啦”；沙僧手机的铃声则就是普通的铃声，闹钟也根本没有——其他三个人的闹钟都响了，自己还用设吗？

唐僧赴女儿国国王的宴，明知此去凶多吉少，就事先安排孙悟空在几点几点给他打电话。酒过三巡，菜过五味，女儿国国王大眼睛就开始忽闪了，慢慢走到唐僧跟前，刚想勾搭，唐僧的手机响了，唐僧接电话：“喂，老婆啊，我还在饭局上，马上回家马上回家。”说罢，唐僧告了个罪，一溜烟跑了。

六耳猕猴冒充孙悟空，两猴从天上打到地上，打得天翻地覆，最后到了玉皇大帝殿前，玉皇大帝命取照妖镜来，照来照去，也看不出来。两猴飞到西天，请如来辨真假，如来也看不出来，突然灵机一动，拿起手机拨了一个号码，《男儿当自强》的歌声从其中一个猴的身上传出，如来大怒，指着另外一个猴说：“孽障！冒充孙悟空也不彻底点，这猴子的手机号码，你总冒充不得吧，拿下！”事后，悟空给神州移动写了封感谢信。

孙悟空被金角大王用葫芦装了，无法脱身。突然间葫芦里传来一阵声音：“我是太上老君，鸡蛋，怎么敢用葫芦装我？”金角大王认得是主人的声音，慌了，赶紧把葫芦打开，孙悟空跳出来，举着手机说：“嘿嘿，谢了，老君，改天请你吃饭。”

四人来到火焰山，眼见熊熊大火阻路，悟空叫了雷公电母作法，只是这火不是凡火，水灭不得。悟空灵机一动，买了个短信群发器，发了条信息给几十万用户——“火焰山发现世界第一大金矿”。然后四人就舒舒服服地躺在山下，吃着喝着，看着闻风赶来的几万个承包商疯子一样用推土机把山挖平了。

总算到西天了，四人轻轻松松，连兵器都卖了，到了西天大雷音寺，看见有个可乐机，每人掏出手机给这个机器发了一条信息，咕咚咕咚出来四杯可乐。如来见四人这么轻松容易地靠着手机就到了西天，心里嫉妒，想再给他们出个难题，就给他们发了一批白纸经书，他们在回程的路上发现经书是假的，就回来找，那个阿迦侍者想敲诈，可是唯一值钱的紫金钵已经卖了，侍者想要他们的手机，没想到，四人不约而同地把经书丢还给他说：“对不起，经俺们不取了，手机得留着。”猪八戒挖苦侍者说：“现在这经网上到处都是，还用得着来取？”

唐僧对着手机说：“阿琳呀（女儿国国王），我在西天大雷音寺，有空吗？有空的话派个波音 747 来接我。”

孙悟空对着手机说："猴儿啊，那批出口水果的合同签了没有？"（花果山已经接上了电话，并开办了水果进出口公司。）

沙僧对着手机说："第一版印刷 30 万吧，版税照老规矩。"（沙僧已经是神州知名作家，名利双收。）

猪八戒对着手机说："咱高老庄已经联产承包了？好好，还是 party 的政策好，我这就赶回去，咱开办个养猪场。"

一

男孩女孩正在暧昧期的时候，女孩收到了美国杜克大学的 offer。在机场登机通道口，女孩焦急地张望那个念兹在兹的身影。而当那个熟悉的身躯真的出现在自己身前的时候，女孩却不敢对视对方眼里的依恋。

“如果你开口叫我留下，我就放弃留学。”女孩暗暗下定了决心。只见男孩拿出一个包装精美的礼物盒，里面是一块停针的机械表。男孩把表温柔地戴在了女孩的腕上，上好了发条，松手，停止的表针又开始了画圈。

“是啊，每个人都会有新的开始，何必执著于此时此刻呢？”女孩想，甩甩手，快步走进了登机通道，心里再也没有一丝犹豫，只是一瞥见那个抽泣的背影稍稍触动了心弦。

60 年后，女孩已是雪染双鬓，正在波士顿的家里收拾着细软准备搬家。外面的美国老伴正在哄着孙子们乖乖坐进汽车。突然箱底的那块机械表赫然出现在了她的面前，记忆忽然回到了 60 年前那个机场临别，“女孩”怔了一会儿叹了口气，擦了擦表面，给表上了发条，松手，停止的表针又开始了画圈……

老伴在外面喊了多声没听到“女孩”回应，进屋一看，只见她拿着一块式样老旧的表泪眼婆娑。

是什么意思呢？就是当年男孩想表达的意思：表走了……

巨冷！！！

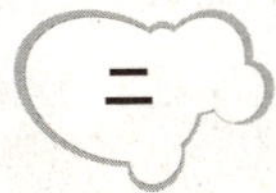

二

湘北的流川枫在神奈川的名声很响，一半是因为篮球打得好，另一半是因为该人，实在是太酷了。此君对所有人一视同仁不假辞色，不要说笑容难得奉送一个，便是说起话来也是能用两个字就坚决不用三个字。

某日在英语课上新来的老师误打误撞要流川枫同学起立朗读课文一篇，流川枫同学一看课文，怕了有上百字之多，这如何使得，便摇了摇头："不会。"

年轻老师想起念过的教育心理学，亲切鼓励："没关系，大胆地念。"

流川枫不耐烦起来，据实以告："太长。"

老师猝不及防愣在当场，想发作又恐失去风度，耐下心来说："那你念一段好了，剩下的让后面的同学念。"

流川枫拿起书，念了一句："Lesson Two." 念罢朝老师点点头，坐下了。

教室里盲目崇拜的小女生倒下一片，这怎一个酷字了得？

一来二去，男生们不免怨声载道，这流川枫无节制地耍酷，搞得本校外校神奈川各中学的小女生们人心惶惶、魂不守舍，视其他男生若无物，长此以往哪还有大家的活路？

陵南的仙道乃是神奈川另一大帅哥，不过采取和流川枫截然相反的风格，亲切开朗，助人为乐，周围的人如沐春风。

一日和同学课余打混，又听得兄弟们纷纷抱怨流川枫，仙道仔细听听，发现在流川枫众多让人吐血的行为里，别的不提，最可恨的便是这惜字如金

的作风。

仙道颇不以为然：“这有什么？他是凑巧没碰上需要多多说话的机会而已。”他话音刚落，立刻有好事的人设了赌局，打赌看仙道能不能让流川枫变得非常饶舌。很没有面子的，仙道赢的赔率是一赔十。仙道微笑：“原来大家对我这么没信心。”

有几个意志薄弱的家伙在仙道柔和的压力下几乎将钱压在“仙道赢”那边，但一念及流川枫那毫无表情的面容，犹豫再三还是压在了“仙道输”上。仙道拂袖而去。

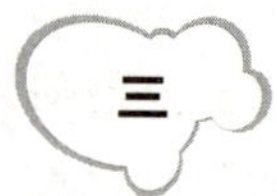

一群伟大的科学家死后在天堂里玩藏猫猫，轮到爱因斯坦抓人，他数到 100 睁开眼睛，看到所有人都藏起来了，只有牛顿还站在那里。

爱因斯坦走过去说：“牛顿，我抓住你了。”

牛顿：“不，你没有抓到牛顿。”

爱因斯坦：“你不是牛顿你是谁？”

牛顿：“你看我脚下是什么？”

爱因斯坦低头看到牛顿站在一块长宽都是一米的正方形的地板砖上，不解。

牛顿：“我脚下这是一平方米的方块，我站在上面就是牛顿 / 平方米，所以你抓住的不是牛顿，是帕斯卡。”

我同事的奶奶和我同事的父母住在一起，在一个很小的小镇上。

有天晚上，同事父母吃完晚饭出门了。就奶奶一个人在房间里做做家务，休息休息。他父母刚出去一会儿，奶奶就听到敲门声。“哆哆！”

奶奶出去开门，打开门一看，门外一个人都没有……

奶奶有些奇怪，出去左右看了看，还是没看到有人。

于是奶奶就进房间去了。

一会儿，又听见有人敲门，“哆哆！”“哆哆！”……

奶奶又去开门，打开门一看！

还是没有一个人！

奶奶心想，是不是哪个小孩子和她开玩笑，又进了房间又过了一会儿，敲门的声音又响起来了……

奶奶有点慌，也有点火。她出去噌地打开门却发现门外还是一个人都没有！

奶奶就进了房间，心想，是不是同事父母最近和谁闹矛盾，人家来搞鬼？在接下来的时间里，敲门声一直断断续续，但是奶奶一直待在自己房间没去开门。

直到……

几小时后，同事的父母回家了奶奶就去问爸爸妈妈，你们最近有没有和谁闹矛盾？今天晚上一直有人敲门，可是我去开门，外面一直没有人！都快吓死我了！

爸爸妈妈仔细想啊，好像没和谁闹矛盾啊，难道是谁家的小孩无聊捣鬼？那也没这么好耐心敲几小时啊。

忽然，爸爸想起了什么！只见他走向奶奶的身后走到电脑前，打开屏幕一看！

回头说道：“我出门的时候忘了关 QQ 了……”

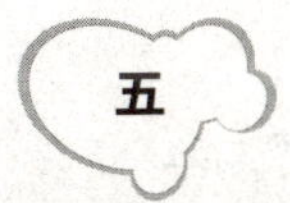

五

一天，王先生发现自己 5 岁的儿子小明行为有些古怪。

快到傍晚的时候，他一个人站在窗口向外挥手，口中似乎还念念有词。

王先生悄悄走到小明身后，却听到小明说：“公公再见，公公再见……”

王先生向窗外一看，什么人都没有。一连几天都是如此，每到这个时间，小明就站在窗口，重复着那句让王先生毛骨悚然的话。

终于，王先生忍不住了，他把儿子叫过来：“小明，你每天这个时候都在跟谁说再见啊？”

“公公啊。”小明一脸天真。王先生一听头皮都炸了：“哪……哪个公公？”

“太阳公公啊！”

有一个男的出差在外面，突然回家，在门口听到有男人打呼噜的声音。

男的默默走开了，发了个短信给老婆："离婚吧！！！"

然后扔掉手机卡，远走他乡……

三年后他们在一个城市再次相遇。

妻子问："为何不辞而别？"

男人说了当时的情况。

妻子转身离去，淡淡地说："那是瑞星的小狮子。"

80后一代是叛逆的一代，他们在生活中善于发挥，且厌烦守旧，尤其是恋爱中的男生女生们，更是将对方的昵称发挥到了极致，而最常见的也是最习惯用的无疑有以下八大类型：

1. 最土老冒型

代表称呼：老公，老婆

使用概率：★★★★★

这种称呼是大多数80后的最爱，在他们的词典里，结婚证似乎只是一种象征，但并不影响这种称呼的存在，甚至刚刚恋爱就已经开始这样称呼对方，他是偶男人，她是偶老婆，大大方方地当众亲吻，热情高涨地大声喊出自己的最爱，向对方证明自己的存在和重要性。而这样称呼得多了，频了，反而令人生厌和呕吐，也被新一代称为典型的土老冒昵称。

7. 未老先衰型

代表称呼：老头子，老婆子

使用概率：★★★★★

老头子老婆子，这样的称呼也许只能在电视里才能听到，现实生活中，许多老年人大多不希望让对方这么称呼自己，反而想要听到更为年轻的称呼，毕竟每个人都有一颗童心，同样也不希望让别人觉得自己很老。而年轻的80后一代，却习惯性地叫出这样的昵称，因为在他们的心里，怕失去对方怕得不行，希望越往老里叫就能和对方生活的时间更长一些，典型地欺骗自己。

7. 假装可爱型

代表称呼：宝宝，妞妞

使用概率：★★★★★

大多数的可爱是自然的流露，而一部分可爱绝对是典型的假装型，有些女孩喜欢假装处女，有些上网的人员喜欢假装潜水，同样，恋爱中的80后男女喜欢假装可爱，不去想对方的名字，不想给爱情留下过多的压力和负担，同样也是一种极不××而又容易推卸责任的表现，甚至随便在网上聊上一个网友都大胆地送上这样的昵称，也许这正是叛逆的最佳例证。

4. 花哨调侃型

代表称呼：小心肝，小宝贝

使用概率：★★★★

喜欢自由，喜欢自在，不喜欢被约束，同样也不想被生活所束缚，80后恋人习惯了花哨和调侃，把这种昵称当成生活中的一部分乐趣，并且深深地陷入这种快乐的自恋之中。小心肝小宝贝都是对方身上的一部分，这样叫下去，希望能给对方留下一定的眷恋和难分难舍，而这也是表现个性十足，以自我为中心的方式之一。

5. 亲情互动型

代表称呼：哥哥，妹妹

使用概率：★★★★

如果当你在大街上，看到一典型的80后男生拉着一非典型的80后女生的手，亲切地称呼妹妹时，那么你千万不要以为他们真的是兄妹，因为这是80后一代最为习惯的对恋爱的昵称。哥哥妹妹是家庭中的一员，所以用这样的称呼来喊对方，是希望对方能把自己当成家庭中的一员，再加上80后一代大多是独生子女，他们这样称呼对方更是希望不想孤独。

6. 知书达理型

代表称呼：先生，太太

使用概率：★★★★

先生和太太是典型的知书达理型称呼，也许这样的称呼在80后恋人中慢慢消失，但还是有一部分人喜欢这样的称呼，也许是家庭的原因，也许是工作的原因，也许和出身有关，也许和事业有关，拥有这样的称呼只是希望自己在外在上能更加知书达理一些，其实内心中还是一种高傲的闷骚劲头，心里有百万个不乐意也要强忍着享受。

7. 蔫酸百怪型

代表称呼：相公，娘子

使用概率：★★★

如果用最恶心来表现这样的称呼似乎有些过分，毕竟相公和娘子是古代人最习惯性的昵称，而80后恋人沿用下来绝对不是因为生活的需要，同样也不是因为这样的称呼过于经典，只是没事找点乐，或者想要自己表现得与众不同，干脆就直接蔫酸百怪地叫对方相公、娘子。当然，这样自由的恋爱也绝非往日的“媒妁之言”，所以相公也是闷相公，娘子也早变成了骚娘子。

8. 轻松幽默型

代表称呼：大野猪，小蚯蚓

使用概率：★★★

不要让生活有压力，同样也找不到更加有效的解压方式，不如让生活变得更加幽默，这样才会越来越轻松，于是千奇百怪的昵称随之而来，大野猪，小蚯蚓只是这其中的典型代表。80后恋人大多面对婚姻的时候喜欢逃避，不负责任且又不喜欢快速地走入爱情的“坟墓”，所以总是在恋爱的时候假装自己毫不在乎，只要现在快乐即可，典型的逃避狂。

搞笑的征婚启示

一个人忽然觉得累了，也渴望着爱与被爱，希望在下一个冬天到来的时候，有个人和我一起取暖，更希望在不久的将来，能有一个属于自己的小家，我和我的爱人在或简陋或舒适的屋檐下，一起度过平凡而温暖的日日夜夜。

先说说我的情况吧，我 81 年生人，原籍河北，现在全家人都在北京。在河北一所不知名的大学虚度了 4 年，现在混在北京。以前做商务的，年底辞职，计划今年能找到满意的工作。相貌属于中上之姿，不令人反感。以前有过男朋友，有处女情结的男士，止步吧，我虽心生悔意，但无法满足你们的愿望。

下面就是我的要求了，也许很过分，请大家忍耐一下。希望：

1. 他不是河南人（绝非歧视，而是受过河南人的伤害，有了阴影），人在北京，如果是北京人，不要满嘴的京片子。

2. 27~33 岁，我比同龄人要成熟，他可以对我撒娇，但我没有那种精力一辈子整天哄小弟弟，他应该成熟，但不要和我相差太大，我能想到最浪漫的事，就是和他一起慢慢变老，他比我先走很多年，我会受不了的。

3. 身高比我不矮就行了，我 170 厘米，漂亮的鞋子都是有跟的，所以穿上鞋子我差不多 173 厘米吧。

4. 体重，为了后代，希望他形体标准，没有发育不良和畸形，不能太胖，也不能见风就倒，我是105斤，而且怎么吃也不胖，身材标准。

5. 头发，不要秃顶，不要卷发、染发，发质不能太硬（这样的人脾气不好）。也不能是少白头，会让我产生错觉。

6. 眉毛浓一些，八字眉，扫把眉，或者没有眉毛的，不要。

7. 眼睛：可以近视，为了后代，最好在1000度以下，我400度，戴隐形。单眼皮不要紧，希望有神采，目光执著不猥琐，但是不要绿豆眼或者眯缝眼。

8. 鼻子形状很重要，我的鼻子长得很好，希望对方不要塌鼻子或者鹰勾。他的牙最好整齐一点，别是大板牙或者四环素牙。

9. 我嘴巴有点大，不过没有罗伯茨那么大，希望对方嘴巴性感些，不要太厚，也不要太薄，唇色健康，黑色的不要。

10. 我是瓜子脸，为了后代，请对方不要是巨型脸或者三角脸，或其他奇形怪状的脸，耳朵不要是弥勒佛的那种，也不要扇风耳。

11. 我脸上皮肤很好，为了使对方心理平衡，请对方不要脸上有月球上的坑、青春痘及其他惨不忍睹的东东。

12. 我肤色很白，为了使对方不感到种族差异，希望对方和我差异不要太大。

13. 我的头发及肩并准备蓄发出嫁，请对方头发不要比我长，不然婚礼上容易让人误会他五官搭配合理到位。

14. 肩膀不要太宽，太窄也不好，最好有点胸肌，感觉能让人依靠，四肢成比例，我的腿长，希望对方腿不要太短或太粗，腿形XO的坚决不要。

15. 身上皮肤相对较好，禁止多毛返祖现象，更不要有烟疤、文身等痕迹。

16. 他的手，一定是很男人，修长、整洁的手，不怕你羞辱地说，俺深信一句话，如果你要嫁给一个人，先看他的手，因为这双手是要抚遍你全身的，同意。

17. 还有，他的声音，不可以让人分不清男女，有点磁性最好，不口吃。

外表就这些了吧，总之，希望他很男人，是我喜欢的类型。

18. 他不能酗酒，如果抽烟，我能接受的最大限度是一天半包。

19. 没有狐臭也不要有难闻的体味。

20. 我喜欢吃辣，希望对方能接受。

21. 我有点洁癖，看见不干净的地方就来气，因此，如果我给他洗脚，洗脸，甚至洗澡，希望他不要拒绝，他每天都会干净体面地出门，希望他有心理准备，当然，是我洗衣服，希望他不要抢了我仅有的除了上网睡觉之外的爱好，当然还有洗碗做饭，做家务，等等。如果他一定要帮我做些什么，就在我做饭的时候和我唠嗑解闷，一起和我被烟熏（一起慢慢变老），就可以了。

22. 睡觉我喜欢抱着东西睡，希望他能不介意充当抱枕，喜欢梦游的不要。我喜欢看恐怖故事，希望他能和我一起受惊吓，然后我害怕的时候陪我去洗手间。

23. 晚上鼾声超过 80 分贝的不要，睡觉不自觉磨牙，放屁，喜欢在梦中喊除我之外其他 MM 的名字的，坚决剔除。

24. 不要大男子主义，我会让他男人的虚荣得到很大满足，但他不要把一切视为理所应当。希望他有很多朋友，如果他没有朋友，是很危险的。

25. 存款不能是负数，最好在 5 位，当然，以上是欢迎的，以备不时之需，比如我生个孩子什么的，房子车子可以没有，我能住毫宅也住得来地下室，坐名车也能坐自行车，但是，希望他不至于让我露宿街头，冻饿而死。他不能很穷，我是个比较实际的人，我不相信没有面包的爱情。他如果突然变得身无分文，我会不离不弃的。

26. 正规大学的本科毕业，有相对稳定的工作，不会为了下一顿饭吃什么而发愁。性格嘛，我是属于没有脾气的那种好好阿姨，希望他不要是个火暴脾气，不然，吵起来，我只会哭了。有话好好说，吵架我不喜欢，拒绝态度无理粗暴甚至野蛮暴力，如果脾气不好，屡教不改，我实在无法忍受了，我只能离开，希望他能原谅，我不是小女孩子，我平时绝对不说婚姻的忌语：离婚，分手。但是我一旦作出决定，就没有回头的可能了。我身体不舒服的时候（比如说肚子疼）可以不买药，不去医院，因为我体质极佳，也不娇气，但是，希望他能问我一下，不要说“我肚子也疼”之类的话，或者干脆视而不见。我很幽默，希望他能欣赏，不要让我产生对猪弹琴之感。

27. 我会把他父母视为我自己亲生父母，但是如果我有不对的地方，请他不要在他父母面前骂我，给我些尊严，希望他能尊重我的家人，哪怕他们并不完美。

28. 我是个很讲究生活情调的人，花最少的钱，过得最舒适，希望他不要有 ×× 心理。他不如意的时候，我不会奚落他，我会鼓励他，希望可以那样对我。

29. 保留自己的空间，希望我们是两个相交的圆，而不是相离，相切。希望我和他的第一次在真正的新婚之夜，拒绝婚前同居。爱我，就相信我，他想知道的，我会告诉他，我不想说的，就不会说，但不会骗他，希望两个人真诚相对。

80. 我最恨敢做不敢当的男人！他不能骗我，因为他骗不了我，我太敏感了。如果不想说，可以说我不想说，但是不要骗我。一句谎言，要用 100 句谎言来弥补，生活会复杂化，很累，在外面已经不轻松了，如果在家里还要戴上假面，该是多么悲哀。

81. 我希望他不是很内向，三脚踢不出个 p 来的那种或者找不到工作，就拿我出气的那种，他至少应该能养活自己，热爱工作，不颓废，对生活充满希望和信心。

82. 回家对着电脑的时间比对着我多（除了工作），我怀疑他的择偶动机。看美女？可以！我也喜欢，可以一起欣赏，但是不要有非分之想。我的嗅觉及观察力及其敏锐，如在身上发现香水 or 不是我的头发，甚至是其他颜色的，杀无赦。

83. 我和异性朋友都是君子之交，希望他不要怀疑，更不要横加干涉，不要阻止我和以前同学，尤其男同学来往。和男人交往我很有分寸，如果我爱他，心里不会有别人的影子，哪怕一根头发，就算遇到超级黄金单身，也只是欣赏，不会动心。解释一下，大学时候客串过模特，大款及帅男见得极多，早就有了免疫力。

84. 就算他离开我，出国或者做什么几年，他一定很放心。但是，如果不在一起的时候，和别的女人有染，呵呵，他知道该怎么办了。

85. 我不会看他的私人信件，检查手机，侦察 QQ，给他交朋友的自由。交多少女网友，见面，到家里来，我做饭给她们吃，大家一起玩，可以，他单独请，也可以，但是，如果他用情不专，想脚踏两只船，甚至吃着碗里的，看着锅里的，盯着灶台上的，还想着别人的，我会让他死在只有想法的时候。

86. 如果我们确立关系以后，他和别人说我是普通朋友或者和异性聊天时说自己是黄金单身的话，我会难过。

87. 在网上调情，yy，甚至模拟 ml 的，这样的人，还有必要活着吗？

88. 如果结婚后我发现他的钱夹，笔记本侧面夹层有不明身份的女子照片，会让我失去生活的信心。

89. 对于他的以前，我不介意，离过婚，有过孩子，让我不生孩子养他的都可以，但是，希望他不要沉溺在以前中不能自拔甚至拿我和他的前任作比较，这是女人最大的失败，也会让我伤透心。

和我在一起，会很幸福，很开心，希望他不要没事找事，珍惜幸福。如果还是觉得我不好，不幸福（除非他不是正常男人），或者我年老色衰，爱上别的女人，如果那个人能给他比我给他的幸福更多，他只要一句话，我不哭，不闹，会给他自由。爱一个人，就是让他幸福，哪怕这幸福不是我给他的。我更不会抢夺家产，我会把大部分给他，他毕竟是男人，要养家，我只要孩子和有关我们记忆的东西。这是我的生活原则，希望他理解，信任，扶持，宽容，慢慢变老……

不要笑我，我也没有开玩笑的意思，更不是游戏人生的市井之徒。如果你是好男人，符合上述条件，也在找一个人却没有机缘，渴望一个家，那么，E-mail给我吧：ad@laifu.org，如果真是有缘人，希望我们不要错失在茫茫人海。等你，如果不是你，我会一直等你，等你……

刘小如有一次帮会计拿支票去银行入账。排队半天，终于轮到她了。忙碌的银行职员接了支票，看了一下，头也不抬就将支票递回给刘小如，说："背书。"

刘小如手足无措，不知如何是好，沉思了一会儿，便小声背出："床前明月光，疑是地上霜，举头望明月，低头思故乡。"然后问银行职员，"小姐，我背书了，这样可以吗？"

◇◇

护士小姐经过病房，发现病人在喝酒，就小声对病人说："小心肝。"病人立即高兴举杯对护士小姐说："小宝贝。"

◇◇

在一家咖啡馆里，服务生给一位夫人端去一杯滚烫的咖啡，但他忘了咖啡小勺。

夫人逗趣地说："服务生，我可没法用我的手指来搅拌我的咖啡呀！"

服务生听后，赶紧又给端上另一杯咖啡，放在夫人面前："夫人这一杯是温热，您可以用手指来搅拌了。"

有一天，小珍赶着要去“21世纪”速食店和朋友聚餐，眼看快来不及了，好不容易招到一辆的士，小珍上车就跟司机说：“我要到21世纪！”

谁知，那司机竟似笑非笑地回过头来说：“去21世纪的哪一年？拜托！我这是的士，不是小叮当的时光机……”

丈夫出门上班，太太叮咛道：“要加油哦！”

丈夫不胜感动地说：“你放心，我一定会好好冲刺，有所表现的！”

太太啼笑皆非地答道：“我是说，我把你车子的油用光了。”

一位女士驾车以远远超出规定的时速从摩托车面前飞驰而过，巡警追上去，在大桥引桥上截住她。警察一边拿出记事本，一边冷冷说：“你一开过去我就看出，至少也有六十……”

女士：“没有那么多，先生。是不是因为这顶帽子使我显得这么老呢？”

公司的王主任和我，一起甄选前来面试的求职者。

其中有一个年轻小姐表现良好，直到我们问她：

“你在这次面试前作了什么准备？”

她仔细考虑了一会儿，然后说：“我洗了个澡。”

好友某晚拨电话召唤计程车。

计程车司机在电话中问她：“你穿什么衣服？”

朋友回答：“我穿黑色裙子。”

司机问:“到哪里?”

朋友回答:“膝盖。”

司机再问:“小姐,我是说到哪里?”

朋友回答:“好啦!好啦!膝盖上面一点点啦!”

那司机叫道:“我才不管你穿到哪里,我是问你到什么地方?”

年轻女性拿着支票到银行换取现金。柜台出纳把支票仔细审查一番后,问她是不是本人?

她迟疑了一会儿,然后从手提包内拿出一个小镜子,照了自己的脸之后说:“嗯,没错!就是我自己。”

儿子在幼儿园上学,上游戏课时,跌了一跤,破了相。我禁不住怒火上来,跑到幼儿园去责问。

幼儿园主任一再对我表示歉意,并且不断地说:“这件事的确是我们疏忽了,我们负责赔偿。”

我问她说:“怎么赔偿呢?”

她迟疑了一会儿,说:“如果他长大后,讨不到老婆,由我们负责。”

顾客经常来电查询购买汽车轮胎事宜,要是我们知道顾客用的是什么车,就能判断他需要哪一种轮胎。一天有位女士来电说要买轮胎,我问她开的是什么车。她说:“蓝色的。”

我耐心地问她能否讲得详细些,她想了想回答:“浅蓝的。”

我到香港大会堂参观朋友的婚礼，新人宣誓时，全场肃静。坐在我身旁的那个两岁小妹妹对妈妈说："妈妈，我很害怕。"

她妈妈轻轻地拍拍她说："不要怕，还有很久才轮到你呢！"

一天清晨，朋友的妻子穿着睡衣走出家门，喊叫逃出大门的长卷毛狗。她高声命令说：

"你现在马上进来，立刻上床！"

"我的职责是送信，太太，"正在隔壁送信的邮差犹豫地说，"别的工作我得先请示才能做。"

因为期末考将近，所以到图书馆K书。小张到了图书馆后，没想到一坐下后就发现对面竟然是位绝世大美女。

于是小张也顾不得K书啦，立刻就传了一张纸条过去，上面写着："美女，我想和你做个朋友，好吗？"

只见那位小姐看了看小张后，也回了一张纸条，上面写道："我为什么要跟你做朋友？"

很天才的小张对这个问题，先是愣了一下。接着，马上又回了一张纸条，上面写道："因为在家靠父母，出门靠朋友——"

偶在家看世界杯时说："偶喜欢托蒂！"

妈妈在旁边听见了说："哼，说得好听，我怎么没见你拖！"

有一天，我一位朋友去邮局寄挂号包裹，当邮局人员正在帮她处理时，便对她说：“小姐，你的电话。”

我的朋友还很纳闷，怎么有人知道她在邮局，还打电话到邮局找她。她左看右看，却没有看到电话可以接，便问：“请问电话要去哪里接呢？”

只见邮局人员又气又觉得好笑地对她说：“小姐，我是在问你要寄挂号包裹，上面没有写你寄信人的电话啦！”

一个小女孩请求她的叔叔坐在椅子上，让她为他画像。

小女孩苦心描绘了半小时，然后摇摇头对叔叔说：

“我不喜欢这幅画像，因为一点都不像你，我只好把画像加一条尾巴，然后叫它做狗。”

妈妈生气地对四岁女儿说：“你再老是吮指头，肚子会越来越胀，最后像气球般爆开！”

翌日，妈妈带小女儿去一个小聚会。小女儿瞥见一孕妇，忍不住走过去，偷偷对她说：“我知道你肚子为什么这样大。你也和我一样喜欢吮手指头吗？”

妈妈：“小新，不要再闹了！”

小新不听，继续捣蛋……

妈妈：“不听话，待会儿把你关到厕所，你不要求我！”

小新：“那待会儿你要上厕所时，也不要求我——”

年轻警察正在街上巡视，有个五六岁的女孩拦住了他。

“妈妈说，如果遇到麻烦，就找警察帮忙，是真的吗？”

“是啊！”年轻警察回答。

“那好，”小女孩立即伸出一只脚，“可不可以帮我绑紧鞋带？”

爸爸：“上次考试你考了 20 分，我打了你 20 下！看这次你考多少分？”

小新：“那这次你就不必打了——因为我考了 0 分。”

小玲说要去学柔道，她父亲极力反对，说：

“女孩子学了柔道，谁还敢娶你呢？”

她毫不犹豫地回答：“看谁敢不娶？”

母亲吩咐三岁的女儿，把玩具收拾好才能看电视，她指着钟面，告诉女儿时针和分针走到什么位置，节目就开始。

过了一会儿，她再进来看，见孩子还未把玩具捡起。

“妈，不用担心！”女儿说，“我把钟里的电池拆出来了，会有很多时间的——”

课堂上。

老师：“成绩单有没有给爸妈看？”

小新：“有！”

老师：“那家长为什么没有盖章呢？”

小新卷起袖子，露出伤痕累累的手臂：“怎么没有，全盖在这上面了——”

"妈妈，我要吃苹果！"

"好孩子，夜已深了，苹果都已经睡了，你也应该乖乖地去睡了！"

"我知道小苹果已经睡了，但大的苹果肯定还没睡呢。"

夏日里，天气十分炎热。一个小男孩紧紧地跟在一个胖女人身后，亦步亦趋，怎么赶也赶不走。她十分生气地质问，并说要叫警察来。

小男孩哀求地说："拜托你不要叫警察来，我只是避避太阳罢了，整条街只有你这儿最阴凉了。"

儿子："老师说要日行一善，我今天做到了！"

母亲："很好啊！你行了什么善，说来听听。"

儿子："一位邮差伯伯上厕所时，我把他脚踏车上的信件全部都投到邮筒里了。"

家里电灯不亮了，灯泡没问题，我爬到天花板上查看电线。原来电线被老鼠咬断了，造成短路，好不容易才接好。

隔了几天，电灯又不亮了，我想一定是老毛病，便又钻进天花板去。正巧老丁来访，问大女儿说："爸爸哪里去了？"

大女儿毫不犹豫地回答："爸爸在天花板上寻短路！"

王家宴请宾客，小毛在厨房大叫："妈妈，你快来，碗橱里有只苍蝇。"

好面子的王太太掩饰说："那不是苍蝇，是个钉子。"

一会儿，小毛又叫："哎呀，妈妈，钉子飞起来了。"

妈妈对顽皮的小儿子说：“我真高兴你今天这么懂事，你爸爸在午睡，你能这么安静地坐着。”

儿子回答：“我只是在等着看爸爸的香烟，什么时候烧到他的手指。”

一对夫妇带着小儿子去探望朋友的新生儿。

小男孩仔细地看了看那个满脸皱纹、红彤彤的小婴儿后，对母亲说：

“他长得好丑哦！怪不得张阿姨要把小婴儿藏在衣服底下，藏那么久。”

老巴的家里养了一只大狼狗，他经常向市场肉摊拿些大骨头，回来让狗啃咬。

一日，朋友带五岁的小男孩来拜访老巴，小男孩看到大狼狗，有点害怕地问：“它会咬人吗？”

“当然不会！”老巴回答。

“那么，旁边那个骨头是谁的？”小男孩问。

母亲问女儿：“你哥哥占用电话多久了？”

小女儿看了散落在地板上的杂物回答：“有两包花生米、一根香蕉、一块蛋糕和三罐汽水那么久。”

“妈，只要你给我五块钱，我一定会做个好孩子。”小威向母亲要求说。

“哎呀！小威。”母亲骂道，“你怎么一点都不像爸爸，你看我一毛钱都没给他，他就已经那么乖了。”

小孩子向爸爸要零用钱。

“爸爸，给我五块钱好不好？”

“不行，今天不行。”

儿子很神秘地说道：“如果你给我五块钱，我就把送牛奶的人每天跟妈妈讲的话告诉你。”

父亲一听马上取出五枚硬币给他，并焦急地问道：“现在钱给你了，快告诉我他说了什么？”

儿子回答道：“噢！他说——太太，今天要几瓶牛奶？”

小儿四岁半，就读幼儿园，日前参加户外活动。时值盛夏，蝉鸣处处。老师捉了一只对小朋友说：“你们看，我只要轻轻摸一下它的小肚子，它就会叫。”

小朋友纷纷伸手去摸。

一向怕痒的小儿问老师：“它是不是和我一样怕呵痒啊？”

幼儿园班上的小朋友十分喜欢小动物。有一次，老师带了一本关于猫的书给他们看。书里面有一幅猫妈妈叼着小猫走动的图画，旁边的文字说这是猫妈妈带宝宝走动的安全办法，但小朋友不可以学猫妈妈那样做。老师叫小朋友想想其中道理。

有个孩子说：“我们可能会抓得不稳。”

另一个说：“我们也许会把它们抓得太紧，使它们窒息而死。”

第三个小朋友对这些说法点头表示赞成，跟着补充一句：“对！而且我们可能会弄得一嘴都是毛。”

小学老师向学生解释：“光虽看似无色，却是由红、橙、黄、绿、蓝、靛、紫七种颜色的光线构成。”

一个小男生突然举手问道：“如果我把全身涂满这七种颜色，是不是就会变成隐形人？”

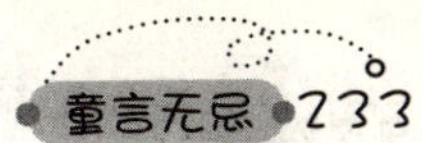

三个小儿女每次上完厕所，总要老许帮他们擦屁股。有次老许叹道："我到底欠你们什么债嘛！"

最小的儿子扮鬼脸说："一屁股债啦！"

儿子五岁，我总叮咛他见到客人要叫人，才有礼貌。

一天，我正在阳台上洗衣服不得空，看到家教老师进门。我刚要请儿子招呼她，却听到儿子对他爹说："爸爸，她是老师，叫老师。"又转头对老师说，"老师，他是我爸爸，叫爸爸。"

儿子是公公最宠爱的孙子，公公一天到晚哄着他，昵称他为"小祖宗"。每年除夕，全家照旧例要祭拜祖先，桌上供好供品后，大家都到院子去，公公打开客厅门高声祷念："请祖宗过来享用。"

儿子忽然从院子里像一阵风似的冲进屋，边跑边叫："爷爷叫吃饭啰！"一场壮重的祭典被开到举座哄堂。

此后公公再也不敢昵称孙子为"小祖宗"了。

哈利和莎莉虽然常带四岁女儿上馆子，但没有带她参加过宴会。第一次带她赴宴，是莎莉舅舅的生日。散席时，众人准备离去，女儿说："等一下，爸爸还没结账呢！"莎莉向她解释说是主人家请客，所以不用付钱。

她若所有悟地说："怪不得那么多人都来吃啊！"

儿子读小学三年级，觉得自己长大了，对于六岁妹妹的天真颇不以为然。圣诞节前某一天，他郑重地对妹妹说："圣诞老公公就是妈咪。"

妹妹疑惑地想了几秒钟，然后说："妈咪怎么可能是圣诞公公？她每天那么忙，哪里有时间飞到全世界去送礼物。"

小勇在公园中贪玩，不知不觉天黑了，认不得路回去，于是找到正在指挥交通的警察叔叔带他回去。

警察："小朋友你家住哪里？我带你回去。"

小勇："妈妈说如果迷路了，不要害怕，可以找警察叔叔，他会带你回家的，所以，你应该知道我住哪，快带我回去呀！"

万圣节前夕，有个上门来要糖果的小男孩作电影"洛基"男主角的打扮，手戴拳击套，身穿拳击手短裤。我给了他糖果并说："你不就是几分钟前来过的同一个'洛基'拳王吗？"

他说："正是。但是这次我是续集的'洛基'，而且我今天晚上还会再来第三次。"

快要分娩的朋友到医院去照测音图，医生建议让她的小儿子在旁观看萤光幕，认为这样也许对他会有教育意义。爱克斯光摄影机对准胎儿开动后，那个孩子说："好极了，他们又在放映'外星人'了。"

一对兄弟买了一双长筒靴。但是，哥哥一直霸占着，不让弟弟穿。弟弟心里当然不服气，于是，每天等到哥哥睡着以后，他便偷偷穿上长筒靴，整夜走来走去，结果，将鞋底磨破一个洞。

第二天，哥哥发现靴子坏掉了，就对弟弟说："这双靴子已经磨破了一个洞了，我们再出钱合买一双吧！"

弟弟听了，为难地揉着惺忪的眼睛说：

"不必了！"

"为什么？"哥哥问。

"如果再买一双长筒靴，我怕我连睡觉的时间也没有了！"说完他打了一个大哈欠，倒下又睡。

姐姐有三个小孩。有天晚上，她和最小的女儿一起看电视。电视正播映家庭计划的宣传短片，一再强调："两个孩子恰恰好！"姐姐偷偷地看了看坐在旁边的女儿，担心这句话可能伤害她的感情。

小女儿突然问她的妈妈："妈妈，我们家哪一个是多余的，大哥还是二哥？"

小杰的房间总是一团糟，地板上常是一层层一叠叠的衣服、杂志、运动器材等。

最近我带他去开立他生平第一个银行户口。在银行里等候时，我嘱咐他找个安全而又方便的地方收藏存折。他说：

"爸，我知道，我会在地板上找个地方藏起来的。"

我和儿子一起去医院接受检验，儿子担心要等很久。他望望四周，然后说："看来真要等很久，因为一般候诊室只有杂志和报纸，这里却还有小说。"

老李读中学的女儿很喜欢生物课，尤其是解剖。他建议她可以考虑将来当医生，女儿的回答使老李大吃一惊。她说：

"我要做验尸官。"

他问她为什么。

她说："我喜欢向别人开刀，但是又不想背负人命。"

一个冬天早晨，职员向老板解释，何以他上班迟到四十五分钟。

“外面路很滑，我每向前走一步，就后退两步。”职员说。

“真的是这样？那么你怎么来到这里？”老板问他。

“我终于认输！”职员说，“转过身开始走路回家。”

小玲车祸住院，同事们一起去探望她，小玲很过意不去，并向大家道谢。

小玲：“我住院后，无法工作，还麻烦大家分担我的工作，真是抱歉！”

阿珍：“小玲，你就放心住院养伤，你的工作我们大伙都已经帮你分担做了，我负责看报纸，小亚负责打电话聊天，阿香负责和总经理打情骂俏。”

公司开会时，有许多人吸烟，会议室内烟雾迷漫。经理请工程师提出清除烟气的办法，并估计费用。

年轻的工程师报告如下：

“装设大型抽气机，加强空气调节，及扩大通气槽。估计费用：25000 元。”

“另一办法：装设‘不准吸烟’塑胶牌一面。估计费用：15 元。”

以前任职的地方每天早晨上班都要签到，迟到者要在签到簿上注明迟到原因。通常第一位迟到的同事总是写上“交通非常拥塞”,随后的便很自然地写上“同上”。

有一天，第一位迟到的同事写上“送太太去医院待产”，随后的皆未留意，也跟着写上“同上”。

老赖当见习电脑操作员时，部门主管偶尔会装作不懂似的问老赖有关工作上的问题，起先老赖唯恐对方不明，而详加解说，后来同事告诉他这主管作风一向如此。他们便给主管灌以雅号：“顾问”——明知故问。

秘书：“老板，我们在撒哈拉沙漠的分公司又缺水了。”

老板：“没关系，那里常缺水，他们早该习惯了。”

秘书：“可是这次一定很严重，我们上午收到从分公司寄来的信，上面的邮票居然是用钉书机钉上去的。”

一位做监督工作的工程师，在退休三个月后，回到了原来工作过的地方去看看。

他闲逛着走进了一间办公室，发现有一位制图员正认真地埋头工作。这位制图员在与工程师闲聊的整个过程中，几乎连头都没有抬一下。

这位工程师意识到自己可能正在打扰一项重要的工作。正当他准备退出办公室时，制图员突然扔下了手中的制图工具，挺起身子来往椅背上一靠，松了一口气说：

“天哪，我怎么现在才想起，我再也不必在您面前装出工作得很忙的样子来。”

老张的办公桌就在门边，他一听到有人敲门，总礼貌地喊："请进。"

有一天，他正在厕所里面，听到外面有人敲门，习惯地回答："请进。"

一位美丽的女郎站在鞋店里，似乎十分为难的样子。

"需要我为你服务吗？"售货员问。

"我不知道选什么样式、什么颜色的鞋。但是我一定要低跟的。"女郎拿不定主意地说。

"请问你是要和什么搭配呢？"售货员又问。

"一个肥胖、矮小、秃头的董事长。"

一个年轻的男子想要买生日礼物送给女朋友，他走进一家专卖舶来品的时装店，看上一件淡紫色的洋装，便问店员："这件衣服多少钱？"

"一万五千元，先生。"店员说。

男子深深叹了口气，然后又指另一套白色的小礼服，问："那这一套多少钱？"

"先生，这套是两声叹气。"

有一个观光客包租了一辆计程车出游。由于那观光客个性沉默内向，一路上，车里的气氛非常安静。

途中，他忽然拍拍司机的肩膀，想问一件事，没想到吓得司机哇哇乱叫。

“啊！对不起，没想到会吓着你。”他抱歉道。

“没关系，小小的误会。”司机道，“我今天是第一天开计程车，以前我一直是开灵车的。”

公共汽车司机，因为不断有人问时间，便在汽车上挂了一口钟。

从此以后，整天都有人问他：“这个钟是否准确？”

挤满乘客的公车上，司机为了舒解大家烦躁的情绪，在每站乘客上车后就说道：“请好好保管自己随身携带的东西，如果掉了，不要怀疑别人。大家都是好人，最坏的人是我这个司机，我要你们的铜板。”大家听了都发出会心一笑。

而有乘客要下车时，司机又会说：“要下车的乘客，请到前面投下你神圣的一

票。”有位老太太将铜板丢进“投票箱”，司机便道：“呜谢赐票，再见！”

商业演讲会上，有人对讲求提高效率的专家提出问题。

“如果雇用年轻貌美的女秘书，是否能使男人对工作更加关心呢？”

“男人是否会更关心工作，尚未得到证实，不过，我敢肯定地说，太太对丈夫的工作一定会更加关心。”

主妇：“谢天谢地！你总算来了，我在三天前，也就是九号那天就打电话给你了，你看水管坏了，水都流了满地，不快修好是不行的。”

水管工人：“对不起，你可能还要等几天，我走错地方了，我是要找五号打电话叫我的那一家。”

有位先生酷爱侦探剧，尤其以猜测、搜寻凶手为乐趣。这天，他去看《公园街谋杀案》。

“您对座位满意吗，先生？”包厢侍者问。

“当然满意，谢谢！”

“我帮您把帽子送到衣帽间去好吗？”

“您要不要一份节目单？”

“您或许需要一个望远镜？”

“不——”

侍者又问要不要巧克力、要不要酒，这时剧情开始紧张了：“不，什么也不要，你见鬼去吧！”

侍者终于发现在他身上赚不到一文小费，于是指着舞台，恶狠狠地说："凶手就是园丁！"

美国一家旅馆的经理，对工作十分热心，多年中，一次假也未曾休过。董事长闻知此事，便把他叫去，关切地说："我知道你热心工作，为了表达董事会的心意，请你休一次假，怎么样？"

"你是一片好意，可是我怕营业额下降……"

拒绝了休息以后，他走出董事长办公室，自言自语道："这怎么行！要是我休息一个月，营业额高高上升了怎么办？不，绝对不能休！"

一家建筑公司开业不久，便承建了一座公寓大厦。屋主预先通知，要来视察施工进展情况。经理于是吩咐所有员工："不论发生什么事情，都要装作一切进程都在我们控制之内。"

屋主来了。经理带他们去看施工现场。

突然间，一面墙的新搭木架被强风吹倒。一个助手面不改色地看看手表，对经理说："十点三十五分，老板，分秒不差！"

行政经理进了办公室，对一名职员大吼："这一星期内，我已第三次发现你上班打瞌睡了，请说说原因？"

"原因很简单，"职员委屈地说，"因为这星期您穿的是软底鞋。"

职员："先生！"

老板："什么事？"

职员："我老婆让我来要求您提拔我。"

老板："没出息的东西！好吧，等我今晚回家问问我老婆，是否能提拔你。"

一位公认演技极差的演员随剧团出发，巡回演出莎士比亚剧。首演之夜，他演出哈姆雷特一场独白时，表现之差令听众不断发出嘘声，要他停演。

但他还是继续演下去，不久又演坏了另外一场重头戏。这次，不满的观众不但喝倒彩，还向他投掷节目单、花生米和纸杯。混乱中，那演员走到前台，十分镇定地说：“你们要我怎样？这种幼稚无聊的东西又不是我写的！”

一个新来的旅客，在房间里按了一下电铃。

服务生：“先生，有什么吩咐？”

旅客：“没有什么，我试验你们的电铃灵不灵。”

旅客第二次按电铃。

服务生：“先生，需要什么？”

旅客：“不要什么，我试验你们的电话灵不灵。”

旅客第三次按电铃。

服务生：“先生，有什么事？”

旅客：“没有事，我试验你的两条腿灵不灵。”

服务生：“先生，在你还未付小费之前，我是‘百灵’，你放心好了！”

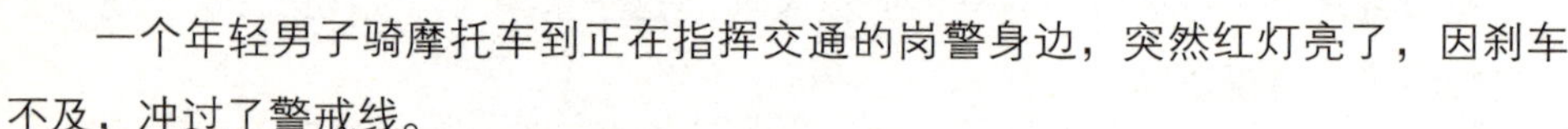

一个年轻男子骑摩托车到正在指挥交通的岗警身边，突然红灯亮了，因刹车不及，冲过了警戒线。

警察拿了一本罚单簿，说：“罚款一千元。”

那小子很不情愿地掏出一千元，给了那警察，嘴里嘀咕着说：

“神气什么，你迟早会落到我手里。”

边说边要骑车离去。

“站住！把身份证拿出来看看！”

青年拿出一张工作证，警察一看，工作机关是“火葬场”。

在火车上，大使与主教在争论，到底谁的职位最高。

“当然是我，人们都称我阁下。”大使说。

“当然是我，人们都称我大人。”主教说。

坐在他们身边的一位商品推销员说：

“我的职位要比你们都高，每当我带着商品去找买主时，他们都是这样欢迎我，他们说，‘啊！我的上帝，你又来了。’”

意大利有一家皮鞋工厂的工人，集体要求增加工资，老板不答应。他暗自担心工人会罢工，就开始着手严防罢工的工作。

好在工人们没有罢工，仍继续埋头生厂皮鞋。老板暗自高兴。可是他检查数以千只皮鞋时，才发现，全都是左脚穿的鞋子。

杂货店有位女客要买三包纸烟。年轻店员说：“对不起，不能卖给你。”然后转过身来招呼我。

那女客大声说：“你不卖，我就叫你老板来。”

店员窘得脸都红了，急忙向我解释说：“她是我妈妈，今天早晨才说要戒烟的。”

街头有个推着小车卖热狗的小贩，每次都把烤好的肉肠高高抛起，准确地用面包接着，夹好递给顾客，吸引了不少路人注意。

我一口气要买八个热狗，他还是这样一一抛接，我等得不耐烦，便说：“能不能快点？”

“不行，先生，”他回答，“伽利略在比萨斜塔上就试过了。下降速度是地心引力决定的。”

印刷厂里新来了一名学徒，工作半日后便不辞而别。下午，同业的厂长来电询问我们是否曾雇用此人，是否曾在我们厂里工作了半年等。我笑着回答："他在我的工厂度日如年，你自己想想吧！"

家电行老板到医生家修理电视机，发现那架古董电视早已破旧不堪，难以修复了。

医生用他那职业的口吻说："你怎样诊断，就怎样开处方吧。"

只见家电行老板叹口气说："如果早些日子来找我还有救，现在你只能等着看验尸报告了。"

朋友最近养了一条狗，取名“好彩头”，希望这名字能带给他好运。

可是过了好一阵子，他的运势还没有改善。

原来，他每次出门，都跟狗狗说：“再见啦！好彩头！”

一个女子过马路时，发现一名男子俯躺在积水的沟渠上。她立刻把他翻过身来，对着他的嘴施行人工呼吸急救法。

但那名男子一下子弹跳起来，莫名其妙地问：“小姐，我不知道你想做什么，但请别妨碍我通水沟啊！”

小张刚刚结婚不久。有天傍晚，老婆正在厨房忙着晚餐。

小张为了体贴老婆，想帮老婆做点家事，于是就对老婆说：“老婆，我能帮什么忙吗？”

老婆说：“看你笨手笨脚的，找点简单的给你做，就剥洋葱好了。”

小张心想，这个再简单不过了。不料刚剥了半颗洋葱，小张就被呛得一把鼻涕一把眼泪的。

小张又想，这可不是一件容易的事，却也不好意思去向老婆示弱，只好打电话向老妈讨救兵。

老妈说："这很容易嘛，你在水里剥不就得了。"

小张于是按着老妈的方法，完成了老婆的任务，开心得不得了。

隔天，小张打电话向老妈道谢，说："老妈，你的方法真不错，不过，美中不足的就是要时常抬起头来换气，好累人哦——"

一个旅行推销员正要进旅馆，发现一个漂亮女郎对他抛媚眼，他就走过去搭讪起来，然后两人在服务台以"丈夫"、"太太"的名义住进旅馆。

三天后离店时，服务员给他美元两千五百元的账单。

"你们一定弄错了，"他抗议道："我在这里只不过住了三天！"

"不错，"服务员说，"可是你太太已经住了一个多月了。"

"三十八号犯人是怎么逃跑的？"监狱长严厉地质问看守人员。

"因为他有钥匙，长官。"

"他怎么偷的？"

"他没有偷，长官。是玩牌时他赢去的。"

我在报社刊一则广告，悬赏找寻日前乘坐计程车时，遗下的证件和皮包。

广告的最后一句说："拾到皮包的请拨电话一五三五九八六四张薄酬。"

广告刊出后第二天，一个男人打电话来，一开头就问："请问张薄酬在不在？"

一个旅游者在一个招呼站招手让司机停车后问售票员："从这里到摄政王府多少钱？"

“八便士。”售票员说。

旅游者没有上车，等车子开动后，他跟在后面猛追直到下一站，他又去问那辆公共汽车的售票员：“现在由此到摄政王府要多少钱？”

“要十便士。”售票员说，“你跑错方向了。”

小美昨天晚上得到男朋友的订婚戒指，可是没有一个同事注意到，令她大为不平。到中午大家坐着谈天的时候，她竟站起来大声说：

“哎呀，这里真热呀，我看还是把戒指脱下来吧！”

小呆暗恋一位女同学，决定先匿名写信给她。

朋友问：“那她反应如何？”

小呆：“很激动！”

朋友：“那很好嘛，然后呢？”

小呆：“然后她就报警，我也被逮捕了——”

原来害羞的小呆，匿名信是用从报纸上剪下、大小不等的铅字拼凑而成的。

写着：“嘿嘿……我注意你，已经很久了……”

某人相信五是他的幸运数字。他是五月五日生，有五个子女，住在五岸五街五十五号。他五十五岁生日那天，正好是星期五，他去跑马场，发现第五场比赛中，跑第五线的马叫小五，于是，他在开赛前五分钟到第五窗口，买了小五，赌注是五千元。

结果那匹马果然跑了第五。

这天，小芳在路口等小张骑车来接她。

没多久，一部摩托车停在小芳前面。

小芳马上跳上后座，捶着安全帽："喂、喂、喂，怎么老是迟到？都超过30分钟了耶！"

机车骑士把安全帽面罩打开："小……小姐，我是来问路的，请不要打我啦——"

下雪的冬日。

乡下地方冬天很冷，气温常在冰点以下。

一天早晨，有个学生迟到，他母亲写了封短信给老师：

"我们家的公鸡冻僵了，今日没有啼叫，以致小儿未能准时起床上学，请见谅——"

电影放映时，一个妇人趴在地上，到处寻找东西，引起邻座的不满。

"喂！你到底丢了什么呀？"

"没什么，只是口香糖。"

"你何必小题大做呢！口香糖丢了就算了。"

"口香糖是没什么啦！可是上面还黏着我的假牙。"

“星期天我在菜圃工作时发现一枚钱币，我捡起放在口袋里，继续干活。不久又发现一枚，我又把它放在口袋里；可是不一会儿又有一枚——如是者一连十次！”

“那里有个宝藏埋在地下？”

“不是，是我的口袋有个洞。”

暴发户中了彩券，到一家豪华餐厅庆祝。他看着精致的菜单问侍者：“鱼子酱是什么？”

“鱼蛋，先生。”侍者回答。

“啊，好极了，”暴发户说，“我要两个，要煮得熟一点。”

一名年轻的猎人，到老猎人那儿去请教怎样猎熊。

老猎人说：“通常我都是先找到一个山洞，然后向洞里丢一块石头，如果听到有‘呜呜’的声音，那里面一定有熊。你便跳到洞口，向里面开枪，一定会打到熊。”

过了几天，老猎人在医院里见到全身包满绷带的年轻猎人，十分惊讶。

年轻猎人说：“我去猎熊，先找到一个山洞，然后我向里面扔了一块石块，听到里面有‘呜呜’的声音，我就马上跳到洞口……可是，我还没来得及开枪，从山洞里开出一列火车！”

小柯是个多情种子，追女朋友不遗余力。可对方都不领情。

有一次，对友人报告交女友的经过，说：

“昨天晚上，月色好美，我跑到一个相当漂亮的女友家，在她的窗前大唱起情歌来，她感动得掷给我一大把花。”

朋友一面艳羡，一面惊讶地问：

“那真太好了！不过你头上的那个大包，是怎么一回事？”

“她的花是连盆一起扔下来的。”

奶奶年老了，没有别的事可做，只好整天钩针编织，我们常买些旧毛衣，拆了给她用。

一天，我们全家去看她，又帮她做这件事。丈夫为我们打开缝线，我和孩子们拆毛衣卷线球。

我们拆到一件毛衣时，说什么人这样傻，把这件好的毛衣也拿出去卖。

等到祖母觉得冷了，到处找她的毛衣时，我们才恍然大悟，她那件毛衣已经成了她脚下二十个毛线球了。

甲乙两人，在野外宿营，被一群蚊子袭击，赶快钻入睡袋。

最后探出头来，蚊子飞走了。

几分钟之后，一群荧火虫飞来。

“不好了，”甲对乙说，“它们带了手电筒来找我们了。”

有一位身怀十八般绝技的高手，为了证明自己是武林中的佼佼者，就到处踢馆。一段日子过去，他果然如愿以偿地踢倒了两百多家武术馆。

这天，他来到了一个阴气沉沉的馆，这位高手进去大喊："我要踢馆！"

此时，从远处的走廊传来了脚步声。出现在他面前的是一位八十多岁的老头，高手不敢掉以轻心，摆开架式，不疾不徐开口说道："啊——准备好啰——我要踢馆！"

那老头正眼不瞧一下地骂道："连'殡仪馆'你也要踢？有没有搞错？"

小张和他家人都很喜欢吃比萨，台北刚好有一家比萨店，标榜着电话订购比萨，只要三十分钟内一定送到家，若超过三十分钟，就送一张一百元的折价券。

小张经常叫比萨，那家比萨店的服务生每次送比萨到时，都会说："先生，我二十分钟就到了，这是你的比萨！"

或是："先生，我十分钟就到了，这是你的比萨！"

或是："先生，这是你的比萨，这一次十五分钟就到了！"

一副"怎么样，我就是不会超过三十分钟，你咬我啊"的表情。

有一次小张叫了一个比萨，十二分钟后，有人敲门："先生，我十二分钟就到了！不过……我忘记带比萨……"

有一个乡下人初到城里办事，过了中午，肚子觉得饿了，想找个地方填饱肚子。

他突然看见一个小贩在卖包子，便问：

"包子一个多少钱？"

"十块钱一个。"

他听了便拿起一个包子，吃了下去，觉得还是很饿，于是又拿了个来吃，一连吃了五个包子，当他吃到第六个时，才吃到一半，就觉得肚子很饱了，于是生气地打自己的头。

小贩奇怪地问："你为什么要打自己呢？"

他后悔地说："我是怪自己太笨，眼睛昏花了，我原先吃那五个包子都不饱，而只吃这半个就觉得饱了，如果我早找到这个包子，不就可以省下很多钱了吗？"

有一个人被洪水困在屋顶上，一位好心的人划船经过，提出帮他逃生，他拒绝了，并大声说："我信佛祖，佛祖一定会救我。"

不久，又来了一艘摩托艇，要救他，那人又拒绝，他大声道："我信佛祖，佛祖一定会救我！"

后来，又有一架直升机前来。那人又拒绝上机，依然固执道："我信佛祖，佛祖一定会救我。"

结果，这人被水淹死。

到了天庭见到佛祖，那人向佛祖抱怨："我这么信你，你为什么不来救我？"

佛祖回答："我曾派两艘船和一架直升机去救你，但被你拒绝。有什么办法呢？"

一个空中小姐分发口香糖给乘客时说：

"它能减低飞机降落时，对耳朵造成的压力。"

飞机降落后，一位乘客费了一小时，才把口香糖从耳朵里取出来。

一个足球队，有个粗壮球员不顾队规，夜里常很晚才回来。

在他出去之前，必定先在毯子下面堆些东西，看起来就好像他正在床上睡觉。

有一次住旅馆时，他因为找不到足够的东西，堆在毯子下面，就塞了一台落地灯进去。

午夜时，教练来查房，他一按灯，床上竟然亮了起来。

乡下主仆两人一起来到大城里，住进了朋友家里。

第二天出门去游玩。主人说：

“大城市里的房屋都差不多，你必须先做个记号，才不会弄错。”一时心急，主人就把仆人大骂一顿，怪他没有做记号，或认定什么标记。

仆人辩说：“我早就在门柱上用口水做了记号，可现在连影子也不见了。那时我还不放心，早就认定站在屋顶的那只鸟，可现在鸟儿一起不见了，这怎样能怪我呢！”

同事的车最近被盗走了，他在午膳时间忙着填保险索赔单。

保险公司处理“车辆被盗”和“车祸”个案所用的是同一种表格，其中一栏要求填表人在一幅汽车图上指出确切受损的部位，我那同事用修正液把表中的汽车整个涂掉了。

一个目不识丁的人，买了一张报纸，做出读报的样子，但他把报纸拿倒了。

“喂，先生！”一个过路人问他，“报上有什么新闻？”

那人答道：“又出事了！你瞧，照片上的汽车统统都是轮子朝天。”

波得在马路上飞快地奔跑着。别人问他为什么跑这么快。他指着路牌气喘吁吁地说：

“你看，上面写着限制时速20公里，我应该遵守交通规则呀！”

一天，科利特太太外出有事，她锁上门，然后用大头针将一张留给送奶工的便条钉在门上：“没有人在家，不要留任何东西！”

当她晚上回家时，发现门已打开，家中被抢劫一空，在她留下的便条上，多了这样一句话：“谢谢你，我们没有留下多少东西！”

巴德尔看完病，医生递给他一张开好药的处方：

“请把这个处方收好。每天早上服一次，连服三天。”

巴德尔回到家里，把处方仔细地裁为三张。

每天早上他都按时吃一张。

图书在版编目（CIP）数据

鄙视我的人多了，你算老几/嘿嘿编.—长春：时代文艺出版社，2009.12

ISBN 978-7-5387-2958-0

Ⅰ.鄙…　Ⅱ.嘿…　Ⅲ.笑话—作品集—中国—当代　Ⅳ.I277.8

中国版本图书馆CIP数据核字（2009）第242222号

出 品 人　张四季

策 划 人　博集天卷·嘿嘿

责任编辑　苗欣宇　付　娜

装帧设计　风　筝

鄙视我的人多了，你算老几

嘿嘿　选编

出版发行/时代文艺出版社

地址/长春市泰来街1825号　时代文艺出版社　邮编/130062

总编办/0431-86012927　发行科/0431-86012939

网址/www.shidaichina.com

印刷/北京京都六环印刷厂

开本/787×1092毫米　1/16　字数/280千字　印张/16.5

版次/2010年1月第1版　印次/2012年3月第5次印刷　定价/20.00元

图书如有印装错误　请寄回印厂调换